新潮文庫

ひらいて

綿矢りさ著

新潮社版

10168

ひらいて

彼の瞳《ひとみ》。

凝縮された悲しみが、目の奥で結晶化されて、微笑《ほほえ》むときでさえ宿っている。本人は気づいていない。光の散る笑み、静かに降る雨、庇《ひさし》の薄暗い影。

存在するだけで私の胸を苦しくさせる人間が、この教室にいる。さりげないしぐさで、まなざしだけで、彼は私を完全に支配する。

二年前、高校一年生の体育祭のパレード。雨天決行、小雨の降るなか、この日のために準備した仮装衣装は濡《ぬ》れ、各クラスの仮装のテーマを書いたプラカードのインクも、雨で流れて読めなかった。観衆になってくれるはずの通行人の数も、晴れの日に比べればずっと少なかった。

「雨のなかのパレードなんて、もり上がらないよね」

先生の指示が出るまで、校門の内側で待機していた私たち生徒は、寒さで鳥肌の立った腕をさすりながら、愚痴を言い合った。しかし私たちは仲間うちで大騒ぎ、お互いの仮装姿をほめ合っていたから、町の人たちが見てくれなくても、もう十分楽しんでいるとも言えた。

うちのクラスの題目はピーターパン、私は五人いるティンカーベルのうちの一人だった。コスプレには興味はないけれど、物語上の、自分とは違うキャラクターになるのは心が浮き立った。ラメの入った薄い羽衣の衣装は、短いスカートのまとわりつく太ももが秋の空気に肌寒く、私は軽く足踏みしながら、友達とおしゃべりをしていた。クラスの男子の大半は海賊に扮装《ふんそう》していて、外国映画を参考にして衣装を作ったり、メイクしたりしていたから、なかなか迫力があった。ピーターパンはショートヘアの女子バレー部の子たちが引き受けて、深緑色のタイツをすらりとした脚に穿《は》いていた。他のクラスの生徒たちも、ハロウィンの日のようにさまざまなキャラクターに変身していて、おおかみの着ぐるみや、白装束の幽霊、引きずるほど長い裾《すそ》のドレスを着ているお姫さまもいた。

パレードの開始時刻が来て、生徒たちが次々とクラスごとに学校の校門から出発し、町へ出て行った。友達としゃべるのに夢中になっていた私は、四組の最後列が前に進んだのにつられて、五組なのに一緒に歩いて行きそうになった。

「待って」

低い声と一緒に、横から伸びてきた手が、白いキャミソールの紐《ひも》が一筋通っているだけの、私の素肌の肩を押さえた。彼だった。ウェンディの弟役で、水色と白の縞《しま》模様のパジャマをただ着ただけの、おざなりな仮装。髪もぼさついていて〝朝だ、急げ〟と急《せ》かされて、訳も分からず起き抜けのまま外へ飛び出してきた、まだ寝ぼけている男の人のように見えた。やめてよと手を払いのけそうになったけど、でもどうしてもできなかった。偶然触れ合っただけでも、火傷《やけど》でもしたみたいに反射的に身体《からだ》を離すのが、私たち高校生の、男子と女子の間の暗黙の礼儀だったが、彼はなんのこだわりもなく私の肩に触れ続け、その動作は自然で、少しも照れがなかった。彼の手は決して強い力ではないが、ずしりとした重さで、私の動きを完全に制した。私は手に持っている、先っちょに星のついた小さなステッキさえ動かせなかった。

「つぎ、五組！」

先生の号令を合図に、彼の手はすっと引っ込んだ。魔法を解かれた私の身体は、すぐ前へ進んだ。変な人、と思ったけど、あのときまだ、心は苦しくなかった。彼よりも、背中につけた、ラメの粉をまぶしたイミテーションの羽根が、ちゃんとキラキラ輝いているかどうかの方が気になっていた。

いつからだろう。授業中、ひまさえあれば彼を見るようになったのは。図体《ずうたい》の大きい彼が小さなシャープペンシルを握って、ノートになにか書きこんでいる姿を見るたび、その際に指の付け根を唇に押し当てている仕草を見るたび、胸の奥がきしんだ。あまりしゃべる人ではなかった分、彼の手は彼の口より、よほど饒舌《じょうぜつ》だった。

たとえばだれかと話をするとき、ときおり彼は、神様に祈るように両手の指と指を組み、関節が白くなるほど力を込めた。笑顔でいても、他愛《たわい》ない話題でも、その仕草が出たときは、彼が緊張しているのだと分かった。教室で一人でいるときは、いつも首の後ろに手を当てていた。所在無くて不安なんだろう、と私は勝手に推測した。顔色も変わらないのに、静かな瞳をしているのに、手だけは彼の心もとなさを、繊細に表していた。

彼は風邪を引くと、筒状にした手を口にあてがい、ごほ、ごほ、と重い咳《せき》をした。その音が教室の隅の席から聞こえてくると、耳をそばだてて、次の咳を待ちわびた。彼の存在を濃く感じられるのが、うれしかったから。老人のように、おごそかな彼の咳。

三年生でまた同じクラスになった彼が、一年のころと何も変わっていないのを見つけたとき、あんまり懐《なつ》かしくて、一年のときよりも、ずっと深く心ひかれた。雰囲気も、髪型も、暗い緑色のリュックサックも、カンバス地のうす汚い筆箱も、一年生のころと同じ。男子も女子もめまぐるしくものを買い替え、消費してゆくのが当たり前のなかで、古ぼけてきたものを捨てない彼は、私にはとても官能的に見えた。どんなものでも丁寧に扱う、彼のゆったりした手の所作。付き合う人も、あんな風に大切に扱うのだろうか。

この感情を友達に説明しても、きっと分かってもらえないだろう。他の子たちには人を好きになるのに理由がある。かっこいいから、とか、話してたら楽しくて、とか、部活を頑張ってる姿に感動した、とか。でも私は、彼のどこを好きになったのかをうまく表現できない。

そして私は今、いらだっている。私がこんなにかき乱されているのに、彼は私にほんの少しの関心も寄せない。三年生になってから、何度か話しかけようと試みたけど、未《いま》だにろくに挨拶《あいさつ》さえ交わせていない。

彼の名前をノートに書いて、上からシャーペンで黒く塗りつぶす。彼の下の名前は、すごく変わっている。彼が自己紹介をすると、先生が彼の名前を聞き返したり、クラスメイトたちがくすくす笑ったりする。もし私が将来子どもを産むことになったら、こんな変な名前はつけない。もっと、おとなしく、慎ましい、育てやすそうな名前がいい。礼一、慎二、誠、頼子、静香、紀子、順子。思いつくまま、次々とノートに書き連ねてゆく。それでもやっぱり、さっき塗りつぶした名前が一番、私の胸を焦《こ》がす。その独特の響きを、声には出さず、唇の上だけで発音して楽しむ。甘い響き、彼の名前。

「次、中井正一《まさかず》の『過剰の意識』な。えーと、じゃ、西村。読んで」

先生の言葉がいきなり耳を刺し、身体がすくんだ。

「はい」

わら半紙のプリントを手に、彼が立ち上がる。なんの気なしを装《よそお》って、遠くの席の彼に視線を送るが、心臓の鼓動が急に勢いを増し、連動して喉《のど》がひくつく。まるで、同じ教室に彼が存在したのを、たった今知ったみたいに。

「私たちはただ受身で立ったり歩いたりしているだけである。知っているという以上、この手の骨格が、足の骨格から変わってきた何万年かの百年ごとの変革ぐらい知っていてよいのである。だのに何も知らない。ただその長いプロセスの結論として、ステッキを握り、握りこぶしを握って、時には相手をなじっているのである」

背が高く、肌は浅黒く、顔はやや受け口で、瞳だけ暗く輝いている。髪の毛は短く突っ張っていて、高校を入学したときから変わらない。帰宅部でスポーツは苦手のはずなのに、肩が大きく、学ランの肩のラインが、他の男子生徒よりもふくらんでいる。手のひらは剛速球を投げるピッチャーばりにごつく、かさついている。好きなタイプの容姿じゃない。黙っているときに強く引き結ばれる唇だけが、りりしいと感じる。なのになぜか、ささやかな粗を見つければ見つけるほど、彼の身体に愛着がわく。細部すべてに唇をつけて、味を、匂《にお》いを、ぎこちなさを、けずり取りたい。

クラスでも地味な存在の彼の朗読を、ちゃんと聞いている子なんて一人もいなかった。みんなだらしない姿勢で寝ているか、受験勉強しているか、もしくはうつろに宙《そら》を眺めている。彼の隣にある窓の向こうでは、幹の太い桜の木が、春の風が吹く度に白い花びらを散らす。

右端をホッチキスで留めたプリントの束を丸めて持ち、首を垂れて無感動に、しかし完全に意味を理解しながら、起立したまま彼は読み進めていく。

「それからまた例えば、一人で独白をしてみて言語を創出した人間の長い、そして初めての愉快だったにちがいない気分をも、受身で知ってみるべきであろう。

そして、それらのことから、宇宙に、石ころだろうが、木ぎれであろうが、秩序と法則をもっているらしいことを発見した人間の初めてのたどたどしい驚き。これも思いかえしてみるべきである」

雄々しい文章なのに、彼が朗読すると、その断定的な響きが、歯切れの良いリズムが、どこか不吉な影を帯びた。さっきまで晴れていた空を、突然雲が覆《おお》い、瞬《また》く間に薄暗くなるような不穏さ。いつ空が泣き出して、上を向く頬に大きな雨のしずくがしたたり落ちてもおかしくない。悟って、あきらめて、その上で突き進むと決めた、暗い決意の響き。

「宇宙に、何も知らない宇宙に、こんな存在がただ一つ、いくら小さくてもただ一つできたこと、人間ができたこと、このことを、この世紀でもやはり驚くべきである。たとえ五千年の歴史が、どんな誤りを犯していても、この二十万年の驚くべき現実に比べれば、四十日のすばらしい旅行の最後の一日に風邪をひいているようなものである。ただ一日いくら鼻をたらしていても、人間が鼻をたらすものであることを悲観して首をくくるというわけにはいくまい。

二十万年の勝利の跡が、今の、どの街のどんな隅にもころがっているのである。私たちの肉体のどの隅ににも。

嘘《うそ》だと思うなら、立ちあがって歩いてみろ、嘘だと思うなら独言《ひとりごと》いってみろ、その簡単な事実こそが、二十万年の勝利のしるしである」

読み終わると彼は椅子《いす》を引き、着席した。座るとたちまち、いままで声を発していた人とは思えない暗い表情で、沈黙のなかに再びうずくもった。

「よし、ありがとう。えー、中井正一とは戦前から戦後まで活動した美学者で」

筆者の説明を始めた先生の声が、耳を素通りする。私は顔を手のひらで覆った。心をついに、完全に彼に占領された。

人類の今日の繁栄を、勝利と呼ぶ彼の声の抑揚のなさは、支配的な響きを帯びていた。過剰を戒める彼の声は、逆に私を過剰へと誘《いざな》う。過剰さは悪、退廃、点滅、夢見てはいけない堕落。山の頂きは信仰の対象なのに、高すぎる人工の塔は、満足感と同時に人間をうっすらと怯《おび》えさせる。禁忌なんていい加減な、人によって程度の差がある概念なのに。私がもし何にも怯えずに暗闇《くらやみ》を走り続ければ、過剰さも悪も混ざり合い、うすべったくなって、最後には消えてくれるかもしれない。

ぬるい水で何倍も希釈された薄くけだるい午後の授業のなか、私の身体の真ん中の熱く固い矢じりは、終業のベルばかり待ち望むクラスメイトたちの合間を縫い、窓際《まどぎわ》へ、彼へ、急激に引き寄せられる。強い磁力で、じりじりと、抗《あらが》いがたく。

たとえ五千年の歴史が、どんな誤りを犯していても。

雨の降る放課後は、思わずほうきを掃く手を止めて、掃除のために開けた窓から、外の薄灰色の世界を覗《のぞ》きこむ。運動場の向こうにある住宅街の家々の壁は、晴れの日は白く光り輝くのに、雨になると途端に色を失《な》くす。こんな雨の日は、何かを思い出せそうな気がする。私は同じような雨降りの日を、生まれる前に何度も体験してきて、今その瞬間をまざまざと思い出せそうだ。でもじっさいは何一つとして思い出せない。落胆して、ぼんやりする。耳にまとわりつく雨の音を、無視もできずに。

またほうきを動かすがさっきから同じ場所ばかり掃いている。教室の床は、油を染《し》みこませているせいで茶色く、むっとした匂いが立ちのぼり、何度掃いてもきれいにした気になれない。

「木村、教室終わったら、二階の階段も頼む。運動場から入って来て、玄関マットで靴の泥を落とさずに上がった奴《やつ》がいたみたいで、足あとがくっきりついてるんだ」

「はーい」

教室のドアから顔を出した担任の指示通り、ほうきを持って校舎の西階段まで移動した。階段は確かに汚れていて、いくつかの段には雨に濡れた靴跡がついている。私は階段掃きを始めた。一段掃いては隅に集めたごみを、また一段低い階段へ落としてゆく。

昼なのに明かりをつけないと薄暗かった教室とは違い、廊下は天窓があるおかげで、雨の日でも明るく、白っぽい。踊り場を挟んで曲がりくねる階段のラインと高低差が美しい。うつむき、視界で揺れる髪をときどき耳にかけながら一段一段掃いていると、男子が下の階から駆け上がってきて、一瞬踊り場の壁の大鏡に映ったあと、私の傍らを通り過ぎて行った。一番下の段まで掃き終わり、踊り場のほこりも一緒に集めると、教室に戻り、ちりとりを取ってきた。でもアルミ素材のちりとりは長く使ううちにいびつになり、床との間に隙間《すきま》ができ、がたつき、ほうきを持っていない方の手でちりとりを後ずさりさせながらほうきを動かしても、床には回収しきれないごみが残る。ごみのなかには女子の誰かの細い黒のヘアゴムも混じっていた。まだ使えそうだけど、もちろんひっぱり出してまで使う気にはなれない。

仕方ない、別のちりとりを見つけよう。ごみを隅に集め直したあと、ほうきとちりとりを壁に立てかけて、一階へ続く階段を降りたら、階段のコンクリートの手すりの裏側、掃除用具の入ったロッカーが置いてある死角の三角地帯に、誰かの黒い頭が見えた。へんぴな場所に、特に用も無さそうなのに、ロッカーを開けるでもなく隠れるようにして突っ立っている。

あんなところで何をしているのだろう。なんとなく足音をひそめて階段を降り、近づいて手すりから少し顔を出して見下ろす。

彼だ。白い便箋《びんせん》らしきものを読んでいる。途端に心臓が跳ね上がり、手の内側がじんわりと汗で湿る。私に気づかず彼は一心不乱に手紙を読んでいる。一枚読み終えて、また次へ。私の位置からは頭の後ろしか見えず、彼の表情は分からないが、集中力の鋭さはひしひしと伝わってくる。黒々とした頭頂部、浅黒く太い首を取り囲む詰襟の白く細いライン。また一つ階段を降りたが、彼は気づかず、気づかれたら困るのに気づいてほしくて、私は残りの階段をわざと足音を鳴らして降りた。

振り向いた彼は素早く手紙をポケットにしまい、首を垂れて私の行き過ぎるのを待ったが、私が彼のすぐ側《そば》まで近づくと、驚いた表情で顔を上げた。

「あれ、西村くん？　こんなところで何してるの」

ロッカーの扉を開けながら、いま気づいた風を装う。

「ああ、えーと、携帯を見てた」

「そっか、だからこんなとこに隠れてるんだ。校内で見てるのがばれると、先生に没収されるもんね。にしても、もうちょっと場所を選んだ方がいいよ。だって、あれ」

私は階段の向こう、廊下の奥にあるドアを指差した。ドア上の札には〝職員室〟とある。

「ああ……。そうだな」

ぼんやりした瞳で首をひねり、職員室を眺めたあと、彼は口をつぐんだ。ばればれの嘘をついたんだから、もうちょっとあわてて、色々言い訳してほしい。もしいまの立場が逆で私が彼に矛盾を指摘されたら、私はもっとうろたえるだろう。彼が好きで、怪しまれたくないから。でも彼は、何も言わない。私が彼をどう思おうが、どうでもいいのだろう。

私はロッカーからちりとりを取り出すと、何も言わずに彼に押しつけた。

「ん?」

「ちりとり、やって。先生に階段の掃除を頼まれたんだけど、一人だけでほうきとちりとりの役目をするのは大変なの。だから、手伝って」

私がまた階段を登り始めると、少しして、後ろから彼の足音が聞こえた。彼が私についてくる。彼が少し目線を上げて、ひらつくスカートから伸びる私の脚を、ちらとでも見てくれたらいいのに。彼は私の脚をどう思うだろうか。私が彼の身体の細部に示す関心の十分の一ほどでも、持ってくれたら。

踊り場に着くと、彼は中腰になってちりとりの底を床につけ、私の掃く速度に合わせて、少しずつ後ろへずり下がった。私はゆっくりと、ことさら丁寧に掃いた。一人で掃除していたときよりも、ごみが床を移動する音や、ほうきの先が床にこすれる音が耳につく。

つい最近、クラスメイトに志望大学を訊《き》かれて、彼はあっけらかんと、東京の最難関レベルの大学名を口にした。あっという間にクラス中に噂《うわさ》が広がった。他の生徒は落ちたときにかっこ悪いからと、本命の大学は内緒にするのが普通なのに、彼が簡単に口を割ったせいだった。私も驚いた。あんなに用心深そうな彼が、自分の情報を自ら他人に与えるなんて。

案の定、クラスメイトたちは、自分の不安、やっかみもあってか、大した自信だなと彼を揶揄《やゆ》したり、彼に志望大学のあだ名をつけたりした。何を言われても彼は笑って受け流していた。その笑顔を見て私はさびしくなった。そうだ、なにも驚くことはない、気にしなくて当たり前だ、彼の心はもうこの高校の教室には無いんだから。次のステージに上がる目標だけを見据えているから、いま現在の生活は、彼にとっては既に過去なのだ。

私はどうすればいいだろう。いまなら登校すれば彼に必ず会えるが、卒業し大学に受かったら、毎日会えないどころか、彼は東京へ行ってしまう。

家で猛勉強しているせいか、最近の彼は疲れきって、いつもよりさらに覇気がなく、言葉少なだった。以前は休み時間になると友達と教室の隅で話していたのに、いまではずっと一人で黙々と勉強していた。こうして近くで見ると、以前よりだいぶ痩《や》せたのがよく分かる。

「たとえ」

つぶやきが無意識のうちに声に出て、うつむいていた彼が顔を上げて、けげんそうな表情で私を見た。まずい、どうしよう。変に思われる。

「ごめんなさい。変わった名前だよね。よく言われるでしょ、めずらしいって。たとえ、っていう名前」

「うん」

彼は再び伏し目がちになった。

「どういう意味なのかな。ご両親は、どうしてこの名前にしたんだろうね」

「知らない」

「本当？　普通聞かない？　自分の名前の由来とか」

「聞かない」

名前について触れられるのが嫌なのか、たとえは眉根《まゆね》を寄せ、かたくなに口を閉ざす。しまった、きっと今まで名前のことでさんざんからかわれてきたから、もううんざりしてるんだろう。考えてみれば、クラスは同じでもほとんど口をきいたことのない私に、彼が自分の名前の由来を教える義理なんかない。ああ、初めての会話なのに。また手の内側に汗がにじみ、ほうきをぎゅっと強く握りしめる。

「でも、いい名前だよね」

「え？」

「意味ありげで、謎《なぞ》めいていて、でも響きがきれいで。すてきな名前だなって、一年生のときから思ってた。でも一年生のときはね、〝たとえば〟のたとえだと思ってて」

自分でも何を言っているか分からないけど、口が止まらない。

「イグザンプルの方のね。でもこの前、西村くん、国語の授業で朗読したでしょ。そのなかに、違う用法のたとえが出てきて、もしかしたらこっちの意味なのかもしれないと思ったの」

彼はちりとりを持ち、中腰のまま、私を見つめている。

「ほら、あの文章だよ。〝たとえ五千年の歴史が、どんな誤りを犯していても……〟」

その先が思い出せず、私が口をつぐむと、彼は几帳面《きちょうめん》なしぐさでちりとりの底を床に軽く打ち付けて、掃き集めたごみを落ちないように奥側へ寄せた。

「忘れちゃった。えーと、ごめんね、変なこと言って」

「別に、変じゃない」

「え？」

「名前について、そんなに色々と考えてもらえたのは初めてだ」

言葉の続きを待ったが、彼は何も言わず、もうごみが奥に寄っているのに、また二度、ちりとりを床に軽く打ちつけた。顔を覗きこむと、驚いたことに、彼は恥ずかしげな表情を浮かべていた。

「なんでもない。ありがとう。それじゃ」

それだけ言うと彼はちりとりを持ったまま、教室のある三階へと続く階段を、振り向きもせず足早に登っていった。後ろ姿を見上げていると甘くて淡い、ほのかな酸味の桜色のお酒が、泡をしゅわしゅわ立てて胸に満ちてゆく。

なんで私、お礼言われたんだろう。彼の名前についてしつこく考えたから？　よく分からない。でもすごくうれしい。何気ない会話のやりとりでこんなに幸せな気持ちになるなんて、生まれて初めてかもしれない。

だれかが私の側を通り過ぎてゆくとき、私はいつも、それが見知らぬ人であっても、相手の手をつかんで立ち止まらせたくなる。さびしがりのせいだと思っていたけれど、恋をして初めて気づいた。私はいままで水を混ぜて、味が分からなくなるくらい恋を薄めて、方々にふりまいていたんだ。いま恋は煮つめ凝縮され、彼にだけ向かっている。

予備校の帰り、マクドナルドに受講生の仲間たちと寄って、深夜十二時過ぎまでたむろするのが日課になっている。勉強の息抜きのためではなく、自分だけが置いて行かれるんじゃないかって不安を、くだらないおしゃべりでまぎらわせているだけ。安い連帯感、水面下の足のひっぱり合い、私たちの未熟さを、深夜のファーストフードは気軽に許してくれる。

あー勉強しなきゃな、と言ってマクドナルドでポテトを食べている男子たちは、夜が深まれば深まるほどギャグが冴《さ》えわたるから、思わず大きな声を上げて笑ってしまう。私とミカが笑うと、男子たちはハチミツを与えられた熊《くま》のようにとろけた笑顔になり、ますますエンジンがかかる。だから、サービスも込めてのびのびと笑う。

「おまえら笑ってる場合かぁ？　女子は帰って勉強しろ」

頭をこづくふりをされて、やだ〜、なんて言ってみるけど、私は推薦入試だから、実はそれほど勉強しなくていい。正直に話せば仲間外れにされるのが分かってるから、黙っているだけ。

もともと私は、なぜみんながしこたま勉強をして大学に行くのかが、よく分からない。大学へ行き、就職活動をして、会社で働く。男子も女子もなぜ努力ばかり必要で一生働かなくてはいけないこのコースを、なんの疑いもなく必死に目指せるのだろう。かと言って、勉強せずに遊びほうけて、先生に反抗し、学校に来なくなる子たちも分からない。なぜわざわざ自分から人生を難しくして、お金の心配が多くなりそうな道を歩もうとするのだろう。

私は授業をちゃんと聞き、定期テストの前にだけしっかり試験勉強をして、一年生のころから良い成績を保った。おかげで第一希望の大学に推薦してもらえそうだ。おまえが本気を出せばもっと難関大に行けるのにと先生は口惜しがっていたけど、一つ上に行けば、自分と同じか、さらに上のレベルの人間に囲まれて、自分の席を維持するためにさらに頑張らなくてはいけない。自分の可能性のためにいっしんに努力する情熱を、私は持ち合わせていない。

家から近い大学に入り、料理教室とヨガ教室に通いつつ、塾講師か家庭教師のアルバイトをして、難関大のサークルに入会し、出会ったなかで一番将来性のある男の人と付き合い、大学を卒業したら、すぐに結婚する。周りの状況と自分の能力に合わせて水のように生きる。夢だなんて、たいそうな言葉で表現する気はないけど、それが私の理想の生き方だった。

でもいまでは推薦入試を素直に喜べない。いくら良い大学といっても地元だから、たとえが第一志望の大学に合格して東京へ行ってしまったら、もう会えない。志望校を変更して、東京の大学に推薦してもらおうか。でも彼女でもないのに、好きな人を追いかけて上京までするなんて、ストーカーみたい。そんなのみじめだ。

じゃあ、たとえの彼女になればいい。

細かい氷のたくさん入ったオレンジジュースを飲みながら、簡単に結論に達して笑みを浮かべた。そう、欲しければ摑《つか》むまで。彼の好みのタイプは知らないけれど、私なら、うまくいくんじゃないかな。今だって斜め向かいの席に座る多田くんは、私をちらちら見ている。目が合いそうになると、さっと目をそらすけれど、もしかして私が気づいてないとでも思っているんだろうか。店に入るときいつも、彼はさりげなく私の隣の席を確保しようとする。みんなで話している間は私を盗み見し、彼の煙草《たばこ》に私が咳をすると、大慌《おおあわ》てで席を立ち、外へ吸いに行ってしまう。身体はたくましいけど、眉と目の間が離れているせいで、いつもびっくりしているように見える、ちょっとまぬけ面《づら》の男の子。

ミカは多田くんが好きで、夜はいくら食べても腹が空《す》くという彼のために、〝自分のついでに作った〟小さなお弁当を毎度予備校に持ってきてあげている。このまえお弁当に入っていたプチトマトに、ごく小さな黒点があるのを見つけた多田くんは、気色悪いとプチトマトをつまんで、予備校の教室のごみ箱に投げ捨てていた。あんな男のどこが良いのか、私は分からないけれど、彼と話すミカはいつもにこにこして幸せそうだ。化粧映えのする簡単な目鼻立ちの、ひよこまんじゅうに似ている女の子。なぜミカは多田くんの私への態度に気づかないいんだろう。もしかして、気づいているとか？　まさか。気づいていて、こんなにうれしそうに笑えるわけがない。

「で、あの二人、それからどうなったわけ？」

「どうせまたすぐケンカでしょ」

「いや、案外長続きしてるらしいよ。逆に愛が深まったとか、なんか言って。もう二ヶ月も続いてるらしい」

「二ヶ月！　長いね」

他人のカップルについて噂しながら、みんなは次から次へとファーストフードを口へ放り込む。一口飲み込むたびに、脂肪やニキビの原因が体内に蓄積されてゆくのを、まったく意識していない食べっぷり。自分の胃が四次元につながっているとでも思っているのだろうか。私はフライドポテト一本を前歯でかみ切りながら、ゆっくり咀嚼《そしゃく》して味わう。

もちろん私だってもっと食べたい。紙容器をそのまま口へ持っていき、ポテトをざらざら流し込んで頬張りたいし、ベーコンレタスバーガーもビッグマックもダブルチーズバーガーも、一つを三口ぐらいで片づけて、次から次へ包装紙を開け、かぶりつきたい。

でも少しでも食べ過ぎたと感じると、透明なジェル状の後悔が、身体の表面にたっぷりと垂れて皮膚を覆い、体温が下がってひやりとする。ポテトの二本めを食べ終わると、満足感が急激に同じ体積のまま後悔へ変質したから、ポテトに手を伸ばすのを止《や》めた。代わりに、みんなにばれないようにそっと、制服のブラウス越しにあばら骨に指で触れる。良かった、まだ触われる。骨のごつごつに触れると安心する。

「おい、西高の奴らがうちの高校に忍びこむって。で、おれたちも一緒に行かないかって、いま誘われた」

携帯のメールを確認した多田くんが、私たちに報告する。西高の子たちとは、つるみはしないものの、休み時間に予備校の教室でよく話す。

「何やってんだ、ばかだろ、あいつら」

「校舎で開いてる窓も見つけたから、中にも入れるぞ、だってさ。やけにテンション高そうだから、酔ってるのかもな。どうする？」

「え～、見つかったら、いまの時期やばいよね？」

ミカが私の顔を心配そうに覗きこみながら聞いてくる。当たり前だ。西高はうちの学校よりレベルが低いから、大学のことなんか深く考えていないに違いない。ひきずられたら大変だ。特に私は、推薦入試だし。

「別に、忍びこんだところで、どうせいつも行ってる学校だしな」

「そうか？　おもしろそうじゃないか。なにびびってるんだよ」

特に行きたくもなさそうな男子たちのなかで、多田くん一人が彼らをあおっている。やっぱりこの人、ばかだ。私パス、もう帰る、という言葉が口の先まで出かかったが、ふいに新しい考えが思い浮かんだ。

「私、行こうかな」

「やった！　やっぱりおまえは話が分かるな」

「じゃあミカも行く！」

結局私とミカと多田くんだけが行くことになり、私もミカも、椅子に置いたおそろいのバッグをつかんで立ち上がった。ディズニーのぬいぐるみのキーホルダーが、二つも三つもぶら下がっている通学鞄《かばん》とは違う、黒いエナメルのブランドもののバッグ。同じ物を持っているだけで、仲良しの証明になる。でも本当は、どうしても通じ合えない部分があるのを、持ち物で無理やりつながった気にしている。

住宅街の真ん中にあり、周囲を民家に囲まれたうちの高校は、夜になると本当に静かだ。防犯用の校門のライトだけが点《つ》いている学校は、生徒が出入りする昼間からは想像もつかないほど暗く陰気だった。

校舎を見て怖気《おじけ》づいたミカが私の腕に自分の腕をそっと回す。先に来ていた西高の男子たち三人は、すでに校門をよじ上り、学校の敷地のなかにいた。

「ほら、はやく登ってこいよ。落ちそうになったら、受け止めてやるから。来い、来い!」

多田くんの言った通り、少し酔っている彼らは、興奮を抑えきれない早口で私たちを急きたてる。まず多田くんが鉄製の門の柵《さく》に手と足をかけ、勢いをつけて門の裏側へ飛び降りた。彼に蹴《け》られた柵がぐわんと音を立て、あわてて西高の一人が鉄柵を握りしめて音を消した。続いてミカがよじ登ろうとしたが、足が滑ってうまくいかない。私が下から彼女のお尻《しり》を渾身《こんしん》の力で押し上げると、彼女は小さく悲鳴を上げながら、なんとか門のてっぺんを跨《また》ぎ、多田くんの腕になだれ込むようにして内側へ落ちた。

私は一度鉄柵を握りしめて、滑らないかどうか感触を確かめた。将来を考えたら、絶対に忍びこまない方がいい。夜間の見回りや監視カメラ、警備装置などはこの学校は取り付けていなくて、それらしく見えるものはすべてダミーだと、噂で聞いたことはあったが、本当かどうか分からない。もし見つかったら、内申に響く。下手したら停学、推薦取り消しだ。でもどうしても忍びこみたい理由があった。たとえのあの手紙。

あの日、ちりとりを持った彼に続き、遅れて教室に入った私は、彼がちりとりのごみを教室のごみ箱に捨てたあと、ポケットからあの白い封筒を出して、さっと机の引き出しに入れたのを見た。教室の後方に立っていたからこそ見つけることのできた、後ろ姿の彼の、机下の素早い手の動きだった。そのあと彼は机の横にかけておいたリュックを背負って帰ってしまった。帰宅するなら、普通手紙はリュックのなかに入れて持ち帰るはずだ。あんなに熱心に読んでいた手紙を、特に何も考えずに机のなかに入れたとは考えにくい。あれからもう何日も経《た》っているから、まだ手紙が机のなかに入っている可能性は低い。でもどうしても確かめてみたい。

彼に何度か話しかけて、親しくなり、連絡先を聞いて、とごく普通の仲良くなる手段を取らず、手紙を盗もうという異常な発想をする自分に呆《あき》れる。自分に自信があるとうそぶきながら、本当は彼と直接に話すのが恐《こわ》い。私の恋心はいびつにねじくれて、彼の情報をこっそり盗みたがっている。

できるだけ高い位置までジャンプして鉄柵に飛びつき、腕と脚の力を限界まで使って、校門をよじ上った。突然のけん垂に腕がふるえる。スカートがひるがえらないようゆっくりと校門の内側へ降り立つと、男子たちは声を押し殺して笑いながら、拍手する真似《まね》をした。勇敢にふるまうと、男の子は意外なほど喜ぶ。仲間だと思うのだろうか、もしくは見直すのだろうか。でも本当は器用に腕白な彼らより、私の方がよっぽど、据わってはいけない部分の肝が据わっているのだ。静まり返った学校は暗く、校舎前の一本の外灯だけが、みんなの輪郭を映し出す。

「ほら、ここの窓が開いてるだろ。なかに忍びこもう」

西高の子たちが案内してくれたのは、北校舎の教室の一階で、私は落胆した。たとえと私の教室があるのは、東校舎だ。

「他の校舎に、開いている窓はなかったの？」

「なかった。ここだけだ」

男子たちに続いて、窓枠を乗り越え、なかに入った。真っ暗な教室には月明かりさえ届かず、ずらりと並ぶ無人の机の一つ一つが不気味だ。おお、すげー、とつぶやくみんなから離れて、私は携帯の光で足元を照らしながら、教室を出て行こうとした。

「おい、一人でどこに行くんだよ」

「うちのクラス。忘れ物したのを思い出したから取ってくる」

「おまえの教室って、この校舎じゃないだろ。行けるのか?」

「渡り廊下でつながってるから、大丈夫じゃないかな」

「忘れ物なんて明日でいいだろ。どうせまた明日の朝にはここに来るんだし」

「今日必要なものなの。じゃね」

　まだ何か言いたそうな多田くんをふりきって、私は教室を飛び出すと、電気一つ点いていない廊下を早足で歩き始めた。携帯の明かりなどほとんど意味が無くて、一歩進むたびに、真っ暗闇に身体ごと飲み込まれてゆき、身体と闇との境界線があいまいになった。廊下の端の階段にたどり着くと、二階へ上って一年生たちの教室の前を通り過ぎた。一寸先も二メートル先も、等しく見えない。窓からもれるほんの少しの月光を頼りにして廊下を歩き、渡り廊下へと続く緑色の扉の前まで来た。内側から鍵《かぎ》を外して扉を開くと、外の風がふきこみ、渡り廊下へ出てから、音を出さないように、ゆっくりと慎重に扉を閉めた。校舎と校舎をつなぐ、空中の渡り廊下が向こう側の校舎まで続いている。

教室移動の度に、この廊下を何十回と渡ってきたけれど、夜に渡るのはもちろん今日が初めて。夜とはいえ、近づいてくる夏の気配を帯びた外気は生暖かく、ざらついた廊下を歩く自分の足音が、やけに響く。犬の遠吠《とおぼ》えが、どこかの民家から、かすかに聞こえる。それ以外は、一階にいるはずの仲間の話し声さえ、まったく聞こえない。廊下を渡り終え、東校舎のドアに手をかけて祈りをこめて引いてみたが、鍵がかかっていた。だめか。なにか他に、手段はないか。

ドアの両横には窓があり、渡り廊下の手すりから手を伸ばして揺さぶってみると、左の窓は鍵が閉まっていたが、右の窓は少しだけ開いた。手を伸ばせるだけ伸ばして手のひらを窓ガラスに張りつけ、力を込めて重いサッシを右にスライドさせると、ちょうど窓の片側全部が開いた。でも窓は渡り廊下の手すりの向こう側にある。

手すりの下を覗きこむと二階分の高さに頭がくらりとした。転落すれば骨折どころか、首の骨を折れば命も危ないかもしれない。

そこまでするの、そんなに手紙が読みたいの。

自問したけど、手紙を読みたいのとは別の、なにやら訳の分からない興奮が私を満たしていた。私はヒールのある靴を脱ぎ、裸足《はだし》になって手すりの上に登った。木登りどころかドッジボールでさえもあざができたら嫌だからと参加しなかった子ども時代、スポーツは得意なのに手足を故障したくないからと体育系の部活に入らない現在が嘘のように、わくわくして、無謀な賭《か》けを楽しんでいた。恋の毒が身体じゅうに回り、飲酒か麻薬を摂取したような昂揚感《こうようかん》が血を沸き立たせる。

東校舎の壁に手を添わせ身体を支えながら、ざらついたコンクリートの手すりの上で立ち上がると、先ほど覗きこんだときより高さが二倍になり、頭がくらくらして下などとてもじゃないが見れず、目線と同じ高さの、体育館があるはずのこんもりした暗がりだけを目を細めて見つめた。普段は意識しない、自分の背の高さを実感する。足の裏は恐怖でちょうど良いくらいに汗ばみ、滑ったりしそうもなく、しっとりと手すりに吸いついている。

手を伸ばして開けたときはすぐ近くに見えた窓が、いまではぐんと遠く見える。このまま身体の前面を窓の方へ向けて、右手で窓の上の枠を掴み、右足を窓のへりにかけて、そのまま身体を窓の内側へ押し込めばいい。頭の中では簡単にできると思ったことが、実際に身体を動かしてみると、成功すれば奇跡みたいな難題へと変わっていく。もし足が滑ったら？　もしうまく身体を滑りこませることができず、どこかで引っかかって、そのまま下へ落ちてしまったら？　素足から悪寒《おかん》が背筋を駆け上り、頭皮をジグザグと粟立《あわだ》たせた。

よし、行くぞ。息を吸い込むと思考は澄みきったまま空白になり、窓枠をがっちり摑み右足を窓枠に掛けると、腕の筋肉を使って手すりから窓へ移動し、足から窓の内側に入りこんだ。落ちなかったのにほっとした瞬間、窓の内側の手洗い場の蛇口に、勢いよく伸ばした足の親指がぶつかり、思わず声を上げてしまうほど痛かった。じんじんする指をかばいながら廊下の床に降り立ち、渡り廊下の鍵を内側から開けて、置いてきた靴を履く。怪我《けが》した指は窮屈な靴の爪先《つまさき》に押し込まれて血がにじみそうだったが、歩けないほどではなかった。ため息をつき教室のある三階まで階段を上る。

いつもの教室は当たり前だが無人で、私は何度か机の角に身体をぶつけながら、たとえの窓際の席にたどりついた。携帯で手元を照らしつつ、引き出しに手を突っ込む。引き出しのなかには教科書やノート、小物類はいっさい入っておらず、大きめの茶封筒だけが三つ入っていて、三つともぱんぱんにふくらんでいた。

三つのうち、一つだけ封が開いたままの茶封筒があり、逆さにすると、何通もの白い封筒の手紙が出てきた。小分けして輪ゴムで束ねてあり、どれも宛先《あてさき》は書いておらず、切手も貼《は》られていない、無地の封筒ばかり十通以上。他の生徒の机の中身からあんまりかけ離れていて、ちょっとぞっとする。

彼は誰からこんなにたくさんの手紙をもらっているのだろう。どうしてこれほどの量の手紙を学校で保管しているのだろう。

そのとき、外の廊下から、私を呼ぶ男の声が聞こえた。ふるえる手で手紙の束の真ん中から一通だけ抜き出すと、大急ぎで手紙の束の角をそろえて封筒に入れ、引き出しに戻した。

教室を覗いたのはペンライトを持った多田くんだった。

「おまえ、大丈夫か？　忘れ物見つかった？」

「うん、いま帰るとこ」

私は手紙をさも自分のもののようにひらひらと振って、机の列を縫い彼のそばまで行きついた。

「心配になったから、ついてきた。帰りはこれがあるから、行きより安心だぞ」

彼はペンライトで私の顔を照らすと、子どもみたいにスイッチを入れたり切ったりして私の顔を点滅させた。

「へえ、いいもの持ってるね」

「キーホルダーなんだ。たまたま鞄に入ってた。渡り廊下の横の窓が開いてたけど、もしかしておまえ、あそこから入ったのか？」

「窓閉め忘れてた。帰るときには忘れないようにしないとね」

「本当にあそこから入ったのか」

「うん。私が来たときは、渡り廊下の扉の鍵が閉まっていたから」

「信じられねえ、なに考えてんだよおまえは。落ちてケガしたらどうすんだ」

多田くんは心配そうな声を出して私の前髪に指で触れたあと、ふいに抱きしめた。私は大して驚きもせず、彼が強く腕に力を込めるたびに、彼の胸板に押しつぶされて乱れてゆく、自分の前髪ばかりが気になった。

「なあ、もうちょっとここにいろよ。おれずっと、おまえと二人きりになりたかった」

甘えるような、ぐずる響きの声。こういう子どもっぽいところを、ミカはカワイイと思えるのだろうか。たとえなら、こんな声は絶対に出さない。彼の方が大人だからではなくて、彼は全身で甘えても受け止めてもらえない絶望を知っているから。たぶん、そんな気がする。

「おれ、おまえのこと、ずっと好きだったんだ。クラスは違うけど、予備校で会えたり、そのあとにこうやって一緒に遊べるのも、すげーしあわせで。受験前だけど、おれたちお互いをうまく支え合えると思う。付き合ってほしい」

ますます強く私をかき抱く彼からは、さっき学校に着くまでの道すがら彼が飲んでいた、シークヮーサーサワーの匂いがする。

「私のどこを好きになったの」

「気が強くて、だれと話してても絶対に引かないところ」

「なにそれ。私そんなに我の強い人間じゃないよ」

「いや、おまえはそうだよ。自分で気がついてないだけで。だから、学校ではおまえのことを良く言わない奴らが多いけど、おれはずっと、いいと思ってた。何言っても笑っているだけの女子なんかより、よっぽど話していておもしろい」

「私、評判悪いの?」

私が笑うと、多田くんもつられて笑顔になった。

「まあな。でも何度も言うけど、おれはそこがいいと思うから」

「ありがと。おたがい、よく分からない恋をしてるね。用も済んだし、私、もう帰るね」

廊下から走る足音が聞こえてきて、教室の入り口からミカが顔を出した。

「ミカ! 一人でここまで来たの?」

私が走り寄ると、彼女は泣き出しそうな、ふにゃとした笑顔を見せて、抱きつくように私の腕へ触れてきた。

「うん、こわかったー。真っ暗なんだもん。でも二人とも行っちゃうから、さみしくなって来ちゃった」

「よくがんばったね。いっしょに帰ろう」

「おい、話の途中だろ」

「話すことは、もう無いよ。多田くんもいっしょに帰ろ」

彼はふてくされた表情で教室を出ると、ペンライトで廊下を照らしながら、私たちの先を歩いた。

「ミカ、途中で迷ったりしなかった？」

返事がないので顔をのぞきこむと、ミカは目元にすさまじい恨みを込め、唇だけをきつくかみしめて、上目遣いで私をにらんでいた。さっきとまるで違う表情に、思わず叫び声を上げそうになる。ついさっき生まれたとはどうしても思えない、積年の憎しみがこもった目が、暗闇のなかで私だけにひたと焦点を当てている。彼女はゆっくり私から離れると、なにも気づかずに先を歩いている多田くんに追いつき、明るい声で彼に話しかけた。私は汗ばんだ手で、手紙を落とさないよう、もう一度しっかり握りしめた。

たとえ君へ

こんにちは、お元気ですか。ちょっとずつ暑くなってきましたね。
受験勉強も佳境に入ってきたことと思います。
たとえ君の夏休みはきっと、受験勉強と塾の予定でいっぱいでしょうね。
夏期講習は、もう申し込んだ？　私は申し込みました。
去年の夏は楽しかったね。
今年もいっしょに、勉強しようね。

この前もらった手紙、読みました。
おばあさんのことで悩みすぎていないか、少し心配です。
このあいだの入院は、たとえ君のせいじゃないよ。
23日はよろしくね。
たまごサブレ、また持ってゆくから、食べましょうね。

勉強、無理しすぎず、体調には気をつけて。
あせらず、ゆっくりと、いっしょにやってゆきましょう。

このまえは迷惑をかけてごめんね。
意志に身体がついていかない状況に、まだ慣れてなくて。
まだまだやれると、意志が元気でいても、身体がさきに倒れます。
ときどき、意志だけが身体を飛び出して、遠く飛び去ってゆきそうになる。

でも、思い通りにならないこともあるのが、しあわせに暮らすための必須条件、
と、なにかの本で読みました。
身体がだるいのは、ときどきいやになるけど、ささやかな発見もあります。
なにかを得て、なにかを失って、でもとにもかくにも継続していく。
それが大事なのかもしれません。
自分がいま持っているものを評価し、感謝すること。
たとえ君と二人で、同じ未来を見つめることが、私にとってのしあわせです。

平凡な言葉だけど、一人じゃないって、あたたかいね。
うまくいかない日もあるけど、なにがあっても、私はあなたと共にいます。
私はまだまだ未熟だけど、ありのままのあなたを、まるごと受けとめたい。
夏休み中も、気軽に連絡ください。待ってます。
それでは、身体には気をつけて。さよなら。

美雪

「信じられない」
家に帰り手も洗わずに、二階の自室に駆け込んで、もどかしく封を開けて読んだたとえの手紙は、恋人らしい女からのものだった。無地のそっけない封筒だったから、私は勝手に、年配の人間が送ったものだと思い込んでいた。先生か保護者からで、内容は彼の進路や将来についてではないか、と。でもやっぱり、あのひっそりと陰に隠れてこの手紙を読む彼の様子がどうも引っかかったから、この手紙を盗んだのも事実だ。手紙を握りつぶしそうになる。これで彼がわざわざ階段の陰に隠れてまで、手紙を読みたかった理由が分かった。文章の最後に記されている、差出人の名前。

「美雪って、もしかしてあの美雪なの」

私の知っている〝美雪〟は、この学校に一人しかいない。一年生のとき、たとえや私と同じクラスだった彼女。もちろんまったく別の美雪の可能性もある。でも私には、あの子がこの手紙を書いたという妙な確信があった。

手紙のなかの〝意志に身体がついていかない状況に、まだ慣れてなくて〟という文言。私の知る美雪は、まさしくそんな葛藤《かっとう》を心のなかに抱えていそうな女の子だった。

まだ入学してまもないころ、教室での昼食の時間、お弁当箱と共に彼女が取り出したのは、ペン型の注射器だった。彼女はにこにこしながら、おもむろに制服のブラウスをまくって腹を露出し、そこに注射を打った。教室にどよめきが広がった。一緒に机を囲んでいた彼女の友人たちは、青ざめて、見てはいけないととっさにうつむいていた。違うグループの子たちと一緒にいたけど、偶然その瞬間を見た私は、あんまりに意外な場面に笑えてきて、食べていたあんパンの小豆の粒を、吹き出しそうになった。

「私、糖尿病なの。一日三回、インスリンの注射を打って、血糖値を正常に保ってるんだ」

彼女は自分の病気と病状を明るくカミングアウトしたが、同級生たちは引きまくりで、ひそひそと噂する声だけがさざ波の波紋になって教室に広がった。明るく見せているものの、本人が緊張と恐怖ではちきれそうになっているのも、彼女の無理をしている笑顔から伝わってきて、より一層気まずい雰囲気になった。

美雪はしなやかで細く、ほの白い肌が美しい、精巧な人形のような外見をしていたから、入学式では誰よりも目立っていた。高さのある鼻のおかげで横顔も完璧《かんぺき》で、微笑《ほほえ》みを絶やさない口元も美しく、いつもまろやかとしか言いようがない、やさしい表情を保っていた。つやのある黒髪が小さな顔をふちどり、彼女の笑顔ごとまるごと、両の手のひらに収まりそうな儚《はかな》さがあった。新一年生にアイドルみたいな子がいると囁《ささや》かれ、上級生が見に来るほどだった。興味本位で話しかけてくる人を前に、ろくに口も回らず、返事するだけで精いっぱいの彼女を、おとなしくて控えめな子だと、みんなが思っていた。だからまだお互いのことを探り合っている入学して間もない時期に、いきなりの爆弾発言をした彼女に、教室中の人間が戸惑い、警戒した。しかも昼食の時間になると、きまって彼女が制服の裾《すそ》をめくって注射を打つようになったから、その度に教室内には緊張が走り、異様な空気になった。男子たちはぎらついた目で彼女の素肌を盗み見し、女子たちはうっすら笑って陰口を叩《たた》き、美雪とご飯を食べていたグループの子たちは、まるで自分の恥のようにうつむき続けた。

〝糖尿病って、おしっこが甘いんでしょ〟

〝食べ過ぎたらなる病気だよね。あの子にはおやつあげない方がいいかも〟

〝なんでわざわざ教室で注射打つんだろうね。男子たちに見られてるのに。もしかして見られたいんじゃないの。病気って理由づけしてるけど、単なる目立ちたがり屋だったりして〟

病気について誤解がある度に美雪は、自分は自己免疫《めんえき》疾患による膵臓《すいぞう》の機能障害で発症したⅠ型の糖尿病で、食生活や運動不足などが原因で発症したⅡ型とは違うことや、ちゃんとインスリンの注射を打って体調管理さえすれば、自分の食べたいものを食べても平気だということを、みんなに根気よく説明した。でも彼女の病気について正しい知識を得たい人間は一人もいなかった。みんな無責任な噂話を、楽しんでいたいだけだった。

さすがに高校生にもなるといじめには発展しなかったが、目に見えて彼女の人気は衰え、友達も離れていき、一人で行動することが多くなった。美しい外見も、病気というフィルターを通して見られがちになり、他の女子たちをうらやましがらせた彼女の白い肌も、ひ弱さの象徴となった。がんばり屋の彼女はよく、体育の時間や朝礼で、つい限界を超えてしまい、へなへなとその場にうずくまった。すると先生が血相を変えて彼女を助け起こし、保健室へ連れて行った。自己管理のできないかまってもらいたがり屋、がんばっているけなげさをアピールしたがるぶりっ子だと、また評判が下がった。

　私は彼女とほとんど話をしたことがなく、他の子たちと同じように、彼女の奮闘を冷めた瞳《ひとみ》で見つめていた。たとえと彼女は、いつ親密になったのだろう。一年生のとき、たとえと美雪が仲良くしていたかを思い出そうと、必死に頭をめぐらしたが、そんなシーンを見た記憶がない。少なくとも二人が付き合っているという噂は回っていなかった。とすると、一年生のときには二人は付き合っていなくて、最近になってぐっと親しくなったのだろうか。いや、違う。あの膨大な手紙の量が二人の付き合いの長さを表している。もしかしたら別の子かもしれない。でも。

　美雪なんか、どうでもいい。私がたとえを振り向かせて、それでおしまい。

　手紙を破り捨てたいのを、なんとかこらえて、美雪の二文字をにらみつけた。

　朝は、ダイニングテーブルでトーストを食べながら、かならずニュース番組を見る。番組のアナウンサーたちは、日本じゅうからかき集めてきた異常犯罪を息せき切って、うれしげに報道する。コメンテーターは一方的に意見を述べ、わずか十数秒で審判を下す。一人の青年が民家に侵入し、面識のないおばあさんを殺し、動機は「人を殺してみたかった」。そんな事件に、コメンテーターたちは信じられないと身をふるわせ、眉をひそめて、この国はどんどんおかしくなりつつあると首をふる。死語になりつつある〝嘆かわしい〟という言葉を、芝居がかったジェスチュアで表現してくれる。お手軽な、井戸端裁判だ。でも効果は絶大。嘘《うそ》か本当か分からない情報でも、確実に一人の人間の評価を上げ下げできる。続報はあるようでまったくない、その場かぎりの採点システム。はい、では次のニュース。

私はたくさんの情報が身体を流れてゆく感覚が好きだ。それらは私になんの影響も与えずに透過してゆくけれど、確実に私をよごしてくれる。毎日のニュースは、その日浴びなければいけない外での喧騒《けんそう》に耐えるための、免疫をつけてくれる。

斜めに切ったトースト一枚とゆでたまご、かりかりのベーコンを平らげると、爪《つめ》が伸びているのに気付き、今日の占いを聞きながら、やすりで爪を削り、粉を卵の殻のなかへ落とした。十二位はてんびん座。なにそれ最悪じゃない。少しも信じていないけど、世の中には順位があることを朝から徹底的に思い出させてくれる星座占いは好きだ。

「こら、行儀の悪い」

「だって爪伸びてたから」

「ちゃんとティッシュの上で切りなさい。あと立て膝《ひざ》。女の子なんだから」

母はいつも一言多い。膝を立ててはいけない理由が、女の子だからなんて、どうしたって従いたくなくなる。私が同じ姿勢のまま爪やすりに戻ると、彼女はため息をつき、私の皿を片づけた。子どもっぽく意地を張る自分もついでに嫌いになって、私の唇はとがる。最近、ほうれい線が前より深くなってきた母の顔は、茶色いコウモリに似ている。夕方になると川の上のトンネル近くをひらひらと舞う、あのコウモリに。そういえば学校のプールで溺死《できし》して、先生に網で掬《すく》い上げられたコウモリも見たことがある。羽根が黒いゴミ袋みたいな質感になって伸びて、ぐたっとしていた。

すべての爪の先を丸く、深爪ぎりぎりまで研磨すると、次の時間帯の番組が始まり、前番組で伝えたばかりのニュースをさも新情報のようにまた放送している司会進行を聞きながら、テーブルの隅に置いてある聖書を手に取った。ちょうど手のひらに収まるくらいの黒く分厚い古ぼけた聖書は、カトリック系の女子大学に通っていた母のものだ。

朝早いミサが眠たくて仕方がなかったと母はこぼしていたが、この聖書だけは、ガラス扉の本棚の隅に、ずっと保管してあった。私はキリスト教は信じていないけれど、なんの気なしに手に取ってからというもの、ダイニングテーブルの上に置き、空いた時間に見るともなく見ている。しかつめらしく退屈な文章の繁《しげ》みのなかに、時折、分かる言葉が含まれている。目を閉じているときに強いフラッシュを浴び、瞼《まぶた》の内側に赤い稲妻が走るのをくっきりと見るように、私はその言葉の意味が鮮明に分かる。新聞紙を千切って作った、細い栞《しおり》の挟まっている頁《ページ》を開ける。

——心の貧しい者は幸いです。天の御国はその人のものだからです。悲しむ者は幸いです。その人は慰められるからです。柔和な者は幸いです。その人は地を相続するからです。義に飢え渇いている者は幸いです。その人は満ち足りるからです。あわれみ深い者は幸いです。その人はあわれみを受けるからです。心のきよい者は幸いです。その人は神を見るからです。平和をつくる者は幸いです。その人は神の子どもと呼ばれるからです。義のために迫害されている者は幸いです。天の御国はその人のものだからです。——

今日の私に必要な情報は一つも書いていない。逃走中の殺人犯について注意を呼びかけたり、クラスで話題になりそうな芸能ニュースを知らせたり、天気予報で傘を持って出るようになどと忠告してくれるテレビの方が、よっぽどためになる。でも私は信者でもないのに、毎朝聖書を開く。自分に呼びかけてくるものに対して飢えているのかもしれない。

玄関の壁には父の通勤用の鞄が立てかけられている。茶色い革には引っかき傷が幾筋も入っている。最近は忙しいのか、父は夕飯にも顔を出さない。洗面台の蛇口の裏側に、剃《そ》り落した髭《ひげ》がいくつか散らばっているのを見ると、ああ毎日帰ってきてはいるんだなと思う。鏡にぎりぎりまで顔を近づけるせいで、シンクより向こうに髭が落ち、気づかないままタオルで顔をふきながら去ってゆく姿を思い浮かべながら、私は歯を磨く。

壁にかかった鏡を見ながら、制服のリボンのずれを整える。そして、笑顔の点検。鏡に映る、型通りに笑みを作った顔には、邪気がなくて呆れる。私の笑顔はちょうど、いま穿《は》いているソックスの刺繡《ししゅう》。表側の真白い生地には、四つ葉のクローバーの刺繡が施されているが、裏返せば緑色の糸がなんの形も成さず、めちゃくちゃに行き交い、ひきつれているだけ。

なんとかして、たとえと接点を持ちたい。しかし彼に自然に話しかけようとすればするほどチャンスは無く、同じクラスで毎日会うのに、どんどん遠い存在に思えてくる。共通の友達もいなければ共通の話題もない。私たちは狭い教室のなかで重なる部分を持たないベン図として存在している。

彼から話しかけられる確率は絶望的で、掃除時間に言葉を交わしたことなどまるで無かったかのように、彼は私とすれ違っても会釈《えしゃく》さえしない。

学習係として数学の教師から預かったノートを、昼休み中のクラスメイト達に返却しているとき、たとえのノートをとっさに一番後ろに回したのは、いつも話しかける機会を狙《ねら》っていたからこそできた早業だった。最後に残った彼のノートと自分のノートを持ち、机で勉強している彼の前の席に腰かけた。

「はい、西村くん、ノート」

「ありがとう」

「ねえ、今回の宿題だったこの数式、どうやって解くか教えてくれない？　私分からないまま提出しちゃったの」

「いいよ」

彼は私が指差しているノートの問題に視線を移すと、一つうなずいてから、これはね、と説明し始めた。彼がクラスメイトに勉強を丁寧に教える姿は何度も見ている。

みんな自分の受験勉強に必死だが、なかには人の勉強も見てあげる稀有《けう》な世話好きタイプが、クラスに何人かいる。秀才で難問も懇切丁寧に教えてくれる女子の机には、昼休みに列ができている。たとえはそこまで目立ってはいないが、訊《き》いたら必ず教えてくれるから、隠れた名医的存在で、ぽつぽつと何人かがノートを持って彼の席にやってくる。日頃口数の少ない彼が勉強のこととなると熱心に分かるまで説明してくれると評判だった。

今日は先客がいなくて運が良かった。彼に言われた通りの数式をノートに書き連ねながらも、私はノートに目を落とす彼のまっすぐな鼻と、分かっているかを確認するときに上目遣いでこちらを見る白目の部分の白さに釘《くぎ》づけだった。

たとえはかっこいいと女子に騒がれたりはしないけど、よく見れば顔はその顔なりの筋の通り方で整っていて、雑な按配《あんばい》で目鼻がついてはいない。丸みのない縦長の頬、あまり良くない顔色、数式の解き方をぼそぼそと教える低い声。

少しでも彼の気を惹《ひ》きたくて、さりげなくさまざまな小細工を試みる。数式を熱心に解くふりをして、指で髪を耳にかき上げる。耳たぶで揺れるジルコニアのピアスの透明に光りかがやく粒、手首の内側に塗ったコットンキャンディの甘い匂《にお》いがする香水、目尻のつけまつ毛。さくらんぼ色のリップを塗った唇は、自然な赤みが差しているはずだ。解けない、難しいとぶりっこするのは封印して、全力で集中し教えてもらった通り数式を解いて、彼に頭の良さを認めてもらう。意味ありげな視線と控えめだけど確実に嬉《うれ》しそうなはしゃぎぶり、はにかみを込めた笑い声をもらす。

「あ、それ違う。その不等式は一度展開してからじゃないと。でもおれもここを解くとき同じ間違いをした」

「そうなの？　でも相加、相乗平均の関係って前に習ったから、こういう式を見ると、ついついあのやり方でやっちゃう」

「うん、それはあるな」

「先生なりのひっかけ問題じゃない？　大体あの先生の作ったテストって、最後から二問目の問題が難題というか、こねくり回してある」

「おれも思ってた。最後から二番目の問題が一番ヘンクツだよな」

「ヘンクツって」

彼が表情を明るくして話に乗ってきたから、もっと盛り上げたくて私が笑顔でまた口を開きかけると、彼はまたちょっとこわばり、顎《あご》を引いてノートに目を落とした。

「これで済んだかな。おれ、自分の予習に戻るよ。昼休みの間にやってしまわないと」

彼は少しでも長く私と話したいなんて、露ほども思ってない。勉強の方が大切。分かっていたはずなのに、目つきがすさむのを止められなかった。

伏した視線の先に、彼の眼鏡があった。いつも授業で黒板を見るときになると彼がかける、しょっちゅう眼鏡ケースに入ったきれいで拭《ふ》いているあの眼鏡が、机の上に置いてある。あのレンズに、指を押し当てて指紋まみれにしたら、彼はどんな顔をするだろうか。きっと怒り、じっと黙りこむだろう。彼を青黒く怒らせたい、とがった瞳に睨《にら》まれてみたい。

「どうかした?」

「ううん。教えてくれてありがとう」

微笑んだが、うまくできなかったみたいで、たとえの顔に緊張が走る。なんて敏感な人だろう、不審がられているかもしれない。あくまで自然にしたつもりだったが、いままで特に仲が良くもなかったのに、短い期間に二度も私から話しかけてしまった。考えすぎかな。すでに私は客観的な判断をできそうにない。

「じゃあね」

私は立ち上がると、大急ぎで自分の席へ戻った。たとえの反応を全部、悪い方へ考えてしまう。人から寄せられる好意を煙たがり、軽蔑《けいべつ》し、散々ひどいやり方であしらってきた過去が、すべて自分に跳ね返っている。

彼をもっと眺めたいができなくて、私は座るなり手元を教科書で隠すと、小さな千代紙で鶴《つる》を折って気持ちを押さえた。友禅柄、赤と黄の格子《こうし》柄、矢絣《やがすり》、青海波《せいがいは》、桜の紋、またはキャラメルを包む半透明のなめらかな紙。何羽も、何羽も折ってゆく。指で爪で鶴を折ると、たとえに向けた一心の集中力が、ひととき手元に注ぎ込まれる。美しく仕上げるため、私は最後、鶴の頭を小さく折る。折る、と、祈る、という字は似ている。

春から折り続けているせいで、小さな鶴は机の引き出しのなかで、けっこうな量に増えた。新入りを突っ込むと、鶴たちはかさかさと小さな音を立てた。


美雪。

入学当初は誰よりも目立つ存在だったのに、三年になった今では、違うクラスの彼女の噂《うわさ》はまったく耳に入って来ず、廊下ですれ違うこともない。休み時間に何気なく彼女のクラスを覗《のぞ》いたら、彼女は一人で本を読んでいた。本には手作りっぽい布製のカバーがかけられていた。一年生の頃の、不自然に見えるほどの明るく、かつ淋《さび》しそうな笑顔は消え失《う》せて、痩《や》せすぎたせいで顎のラインが尖《とが》り、根暗に見えた。

昼ご飯はどうしているのだろうと、四限が終わってから彼女の教室を覗き見したら、注射は打たず、顔を伏せたまま鞄を持って、教室から出てきた。ばれないように後を追うと、彼女は階段を降り人気《ひとけ》の無い一階の廊下を進み、理科準備室のまえで立ち止まった。制服のポケットから鍵を取り出して中へ入り、静かにドアを閉めた。昼ご飯どきに生徒が用のある場所じゃない。私が足音をしのばせてそっとドアを開けると、立ったまま制服の裾をまくり上げ、脇腹《わきばら》に注射針を刺そうとしていた美雪の動作が、びくりと止まった。

「美雪！　ひさしぶり、なにしてるの」

「お弁当食べようと思って……」

萎縮《いしゅく》して声の小さくなっている彼女のそばにある机の上には、確かに包みを解《ほど》いた紺の弁当箱が置いてある。

「こんなところでご飯食べても、おいしくないでしょ」

私は首をめぐらせて小教室を見回した。天井まで高さのあるガラス戸棚には、古くて液が濁り何が浸《つ》かっているか分からないホルマリン漬けの瓶や、なんらかの結晶がガラス面に白く浮いた洗い方の雑なシャーレ、薬品名の書かれた粉袋などが並び、一つだけある小窓にはほこりっぽい暗幕がかかり、完全に外の日光を遮っている。

「木村さんこそ、こんな場所に、どうしたの」

「実は、美雪がここに入るのを見かけて、追いかけてきちゃった」

「私を？」

「うん。こんな風に言うと、変に思われるかもしれないけれど」

笑顔を保ったままそう言い、彼女を見上げると、途端に頭が空白になった。すらすらと出てくるはずの嘘が、投げやりではないけどどこか途方に暮れた、こちらを包み込んでくる美雪の瞳のせいで、一瞬つまった。

「ずっと美雪がどうしてるか気になってたの。一年生のときから、病気のことで、みんなと壁があったでしょう？　私は美雪と親しい友だちじゃなかったから、あまり話せなかったけど、ほんとは心配だったし、偉いなとも思ってた。こんなこと言うの恥ずかしいけど、ずっと友だちになりたかった」

「ほんと？　うれしい。そんな風に思っててくれたなんて、意外すぎる」

美雪は友だちという単語を聞いた途端、不安そうではあるが笑みをのぞかせた。罪悪感がうっすら心のうちに芽生えたけれど、私は笑顔をくずさなかった。

「心のなかで応援してたんだ。ほら、お弁当のときに教室で注射を打ってたときとか」

「ああ、あれは忘れてほしいな。恥ずかしい。みんなの迷惑も考えずに、あんなことして、いまでは後悔してるの」

「後悔？　なんで？」

「病気について理解してほしくて意気込みすぎて……。みんなには関係ないのに」

「それは違うと思うよ。私は負けてほしくないな」

私は彼女の持っているペン型注射器に視線を移した。

「いま打つつもりだったんでしょ。やっちゃいなよ」

「じゃあ、後ろを向くね」

「ちょっと、さっきの私の話聞いてたの。私は美雪が注射を打つ姿を見ると感動するんだよ？　だから見ていたいの」

「そんな風に言われると、逆にもっと恥ずかしくて」

頬を紅潮させて微笑む美雪は、同性の私から見ても可愛《かわい》くて、たとえはこの笑顔にほれたのかなと思うと、思わず奥歯をかみしめる。もちろん、態度には出さないけど。

「美雪が打たないなら、私が打っちゃおうかな」

「えっ、なに言ってるの」

「一度やってみたいの。注射器貸して」

「健康なのに、なぜ注射なんか打ちたいの。それに必要ないのにインスリンを打つなんて危ないよ。血糖値を下げる薬なんだから」

「ちょっとくらい、大丈夫でしょ。痛いの？」

「ううん、痛くはないけど」

「じゃあ貸して。ほら早く」

「待って、本当に良いのかな。とりあえず注入する値を最小にするね」

美雪は注射器のダイアルをかちかちと回して設定を変更すると、まだ迷いながらだが、おずおずと私に差し出した。

「打つ場所はどこでもいいの？」

「うん、どこでも」

「じゃあ私もお腹《なか》に打とうっと」

私は制服の裾をスカートから引き摺《ず》りだし捲《めく》りあげると、ちょうどくびれのある箇所にあるほくろの横に、針を刺し、注射器の尻を押してインスリンを注入した。ちくっとした刺激が一瞬あるだけで少しも痛くなく、でも勝手なイメージで私の血とミルク色のインスリンの混じり合う映像が頭に浮かんだ。

「大丈夫？　気分悪くなったりしてない？」

注射器を返すと美雪が心配そうに私の顔を覗き込む。

「うーん。お腹いっぱいになった」

「まさか。そんな注射じゃないよ」

美雪が初めて笑顔になる。美雪は笑うと目尻《めじり》が優しく下がり、顔全体に優美な線が生まれる。

「ほら、次は美雪の番」

彼女は針を新しいものに付け替えると、あっという間に腹に注射を打ち終えた。何千回、何万回と繰り返している馴《な》れた自然な動作だった。

「気持ち悪い？」

「まさか。別に普通って感じだよ。水を飲むのとさして変わりない。いいじゃない、誰になんて言われても、教室で打てば。美雪にとってはごく普通の、生活の一部なんでしょ」

「そうだね、いつまでもこんな場所に一人こもっているわけにもいかないし。頑張ってみる」

美雪はふいに笑い出した。

「木村さんて、おもしろいね。なんだか不思議な感じ。私たち、一年のときに同じクラスだったけど、ほとんどしゃべらなかったよね？　木村さんは活発でおしゃれでみんなに人気があって、良いなあ、友達になりたいなあって、ひそかに憧《あこが》れてはいたんだけどね」

「そんなら私たち、両思いじゃない。ね、メールアドレス交換しよ。それで今度どこか、遊びに行こう」

「うれしい。ちょっと待ってね」

美雪は急いで携帯を取り出そうと鞄《かばん》を探るがすぐには見つからず、私がちょっと笑うと彼女が目を上げ、私たちは微笑み合った。

なぜたとえへの恋心が流れに流れて、美雪への接近にまで変質したのか、自分でも分からない。美雪に近づけば彼女が本当にあの手紙の主だった場合、うまくいけばたとえとの接点にもつながると考えていたのはもちろんだった。でもそれ以外にも美雪への純粋な興味としか言えない感情も芽生えていた。彼女とたとえの間にはどんな言葉が交わされているのか、たとえは彼女のどんな点に魅《ひ》かれているのか、私が入りこむ隙《すき》はあるのか。

それとなく見張っていたが二人が学校で接触することはない。付き合っているとしてももちろん周りには隠しているし、気づかれないようにしているのだろう。学内カップルはめずらしくないが、大人しく地味そうな二人が付き合っていると知れれば、おもしろがってみんなが騒ぐのは目に見えている。彼らの様子を見ていると、本当にあの手紙を渡し、受け取っている関係なのか疑わしくなってきた。理科準備室での一件以来、美雪とは時々しゃべる仲になったが、彼女の話題にはたとえの名前は一切出てこない。

すべて私の早合点で勘違いだったとしたら？　だとしたら美雪に近づく意味もない。いつも通りに授業を受けるたとえの横顔が、解けない秘密をたくさん抱えているように見えて狂おしい。彼に話しかけたいけど、前みたいにやんわり拒絶されるかもしれないと思うと、勇気より恐怖が勝《まさ》った。男子と合同で体育館で体育の授業を受けたとき、私はバレーボールの選手として待機しながら、跳び箱の授業を受けている彼を眺めていた。

身長が高いせいで白い体操着がまったく似合わない彼は、しきりに右手で左手をガードするようにさすりながら同じ列に並ぶ男子とおしゃべりをしていて、いざ自分の跳ぶ段となると、自信が無さそうに助走を始め、寸前で迷ったかのように足をもつれさせて、跳び箱の上に乗っかった。さらにバランスを崩し、跳び箱ごと崩れ落ちそうになった。しかしなんとかふんばって、よろけながらも跳び箱の上から降りた。彼は恥じ入った暗い表情で、早足でまた列に戻った。跳べないから恥ずかしいのではなく、跳べないことでさえ滞りなく済ませることができなかった自分を恥じるかのように。

なぜこんな人を好きになったのだろうと、跳び箱など楽々と跳び越せる私は自分をいぶかしむが、視線はどうしても外せない。

彼の残像は日に日に頭を占領して、夏休み前の期末テストの時期が来ても、家での勉強に身が入らない。内申点のためにはテストの点を下げるなんて考えられない。分かっていてもいらいらと別のことばかり考え、ついにシャーペンを放り出すと、クローゼットの道具箱に入っていたペンライトと、たとえから盗んだ手紙を取り出し、キャミソール一枚だった上半身に半袖《はんそで》のシャツを羽織り、夜の住宅街を自転車で突っ切り学校へ向かった。

学校に入った日以来、校内に不審者が侵入したと教師側から注意をよびかけられることは一度もなく、私たちが入り込んだことはばれていないみたいだった。

今回もばれないという保証はないけど。

校門は前によじ登って乗り越えたときより高くそびえて見えた。あのときの仲間とは、すでに会わなくなっていた。男子たちはまだ受講後に集っていたけれど、私はミカが来なくなってからは参加するのをやめた。女子一人だともし男子たちの悪ふざけが度を越して私に手を出してきたときに防ぎきれないし、なによりミカが私を避けるようになって初めて、私はミカと遊ぶためにグループに参加していたのだと気づいた。化粧だけばっちりでいつも制服のブラウスの袖に手を隠して指だけ出し、自信なさげに微笑む、幸の薄そうな彼女の佇《たたず》まいを、私はずっと隣で見ていたかった。かと言っていまは私を避け、ときどきあの冷たい目で視線を送ってくる彼女との仲を修復する気力もなく、多田くんからは何通もメールが来たが、ずっと無視した。

　学校の敷地内に降り立った私は東校舎の半地下にある技術室へ近づいた。今日七限目の授業のとき、誰にもばれないように技術室の一番左端の窓の鍵《かぎ》を開けておいた。まさかまた忍びこんだりはしないだろうと思いながらも学校にいる間、私はしょっちゅう校舎の窓の開閉を気にしていた。渡り廊下横の窓を見る度に思い出される蛇口に足の親指を打ちつけたときの痛みが、今度侵入するときは忍び込みやすい窓の鍵を開けておこうという考えにつながった。

　昼間、技術室で鍵を開けながらも私は、まさかやらないだろうと本気で思っていた。

しかし真夜中の闇《やみ》に沈む技術室の窓を外側から眺めると、計画が急に現実味を帯びてくる。どうか、私が鍵を開けたあとに、教室を点検した技術の先生が気付いて閉め直していませんように。指を窓のとっかかりに引っかけて力を込めると、ゴムのすべりは悪いものの、窓はゆっくりと開いた。よかった、一番端だから目立たなかったのかもしれない。窓を開けきり、同じ失敗をくり返さないように工具の散らかったテーブルの上にゆっくりと細々したものを避けながら足を置く。

音のないため息を一つついたあと、技術室を出てペンライトで足元を照らしながら、いつもより妙に足音の響く気がする廊下を歩く。火災報知器の毒々しく赤く光る一ツ眼は私を監視し、階段の踊り場の鏡は姿を映したが最後、私を異世界に連れ込みそうだ。

逃げ出したい恐怖と闘いながら、教室に向かって足を進める。暗闇の向こうから、何かが全速力で私を追いかけてきそうな気配がする。

たとえの机に盗んでいた手紙を押し込み、そのまま帰るつもりだったが、引き出しにつっこんだ手にまたあの手紙の束の入った封筒が触れると、美雪とは本当に私の知っているあの美雪なのかという疑問がわき上がり、確かめたい誘惑を抑えきれなくなった。かと言ってペンライトの光を頼りに、ここであれだけの量の手紙を読み進めるのは恐《こわ》すぎる。まだ学校に手紙を置いているということは、たとえは束から一通抜かれていたことに気づいていないのかもしれない。少しずつならばれずに盗めるかも。私は手紙の束を取り出し、ランダムに三通引き抜くとまた引き出しに戻した。

　行きよりも目標を達成し終えた帰りの方が、向こう見ずの勇気がかき消えた分、骨身にしみる恐怖で、技術室の窓からはい出たころには手は震え、足はがくがくしていた。

　でも、生きてるって感じがする。

　手紙を手に入れた喜びより、目的を達成した充実感が心地よい疲れとなって、再び帰り道を自転車でこぎ始めた私の身体を支配し、わけもなく全速力で家まで夜道を駆けた。

　たとえ君へ

こんにちは。一ヶ月が過ぎましたが、高校生活は、どうですか？

池田君や佐々木君と友だちになったみたいだね。

たとえ君が楽しそうにしゃべってるのを見て、私もうれしい。
私もはやく、クラスになじまないとね。
クラスでは話せないけど、たとえ君をこっそり見ては、喜んでいます。
受験のとき、勉強、教えてくれてありがとう。
たとえ君のがんばる背中が前にあったから、私もがんばれました。
おたがい、おだやかな、たのしい学校生活が送れるといいね。
学校で話さない分、手紙を書くことにしたよ。
朝、いつもより早く登校して、たとえ君の机のなかに入れます。

メールがあるのに、手紙なんておかしいかな。
でも手紙って、読んでいるとき、会っている気分になりませんか。
その人のぬくもりや気配が、字といっしょに紙の上に残っているような。
もう亡くなったけど、静岡のおばあちゃんが、しょっちゅう手紙をくれた。
読めない漢字がいっぱいありました。
だから子どものころは読んでも分からない所が多かった。
でも、おばあちゃんが近くにいるようで、うれしくて。

いまでもときどき読み返します。

このまえ、塾の授業のあと、ほんとうにたくさんおしゃべりしたね。
学校で話せなくても、あの時間があるから、私はとても満たされています。
正直に話してくれてありがとう。
私はたとえ君のお話を聞いて、たくさんのことを思い、考えます。
でもゆっくり考えるので、その場では出てこないことがあります。
だから、手紙では、そのときには言えなかったことなども書いていきたいです。
このまえの話で私が思ったのは。
川の流れがどれだけ速くなっても、水が澄んでも濁っても、
ずっと同じ場所に在り続ける、川の底に眠る、大きくてずっしりとした岩。
私はあなたにとってそんな存在になりたい。

あと、いつでもまた、私の家に来てください。
私はもちろんだけど、母がとても喜ぶから、うれしいんです。
それでは、またね。

美雪

二度めに盗んできた手紙の内容で、送り主の〝美雪〟があの美雪だということ、彼らが意識的に学校では話さないようにしていたから私が気づかなかったことが判明すると、私はますます彼女を追いかけた。美雪と昼ご飯を一緒に食べようと、お弁当を持って理科準備室に行ったが、まだ鍵が閉まっていた。彼女の教室を覗くが見当たらない。廊下を歩いていたら彼女の声が聞こえた気がして窓の下を覗いたら、中庭で体操着を着た一クラス分くらいの人数の女子たちが四列に並び、号令に合わせて赤や白のパネルを胸より高い位置でひっくり返していた。彼女たちの前に立っていっしんに号令を出しているのが、美雪だ。首からホイッスルをぶら下げて真剣な顔で、はきはき声を発し、大人数をまとめている。

へえ、めずらしい。あの子がリーダーの役割をこなすなんて。

指示と違うタイミングでパネルを掲げたり、一人違う色を出している子を見つけては、美雪は指で差したり、飛んでいったりして訂正する。

じゃあ、もう一回行くよー、と美雪の声がこちらまで聞こえてきて、今度は軽快な音楽も一緒に流れ出して、皆リズムに乗ってパネルをくるくる変え、チェック柄やハート柄、文字なども団体作業のモザイクで頭上に描き出してゆく。

突然美雪がふらふらと歩き出し持ち場を離れ、校舎の陰へ移動した。クラスメイトたちや他の号令の担当の人間は、パネルをひっくり返すのに夢中で彼女のことなど気にもしていない。日光が照りつけて暑いからいったん日陰で休憩するのかなと思いながら見ていたら、彼女は校舎のすぐ近くの日陰の場所へ移動しても足を止めず、水のなかを移動する人のように腕で空気をゆっくり掻《か》く動作をしながら、さらに足取りを怪しくして校舎の裏へ消えた。

窓から離れて廊下を突き当りまで走り、ドアを開けて屋外の非常階段へ出て身を乗り出して下を見たら、誰もいない校舎裏で美雪が倒れるのが見えた。銃殺された人がくず折れるのに似た、一瞬にして身体の力がすべて抜けた倒れ方だった。距離が離れているから、私からはまるで音もなく倒れたように見え、それが現実感を欠いていた。一段飛ばしで階段を降りて校舎裏を走り美雪に近づくと、彼女は雑草のなかで顔をゆがめて目をつむっていた。

「美雪、大丈夫？　日射病？」

彼女は人が近寄ってきたと気づくと、朦朧《もうろう》とした意識ながら、だいじょうぶとろれつの回らないままつぶやき、起き上がろうとして腕を地面に着いたがすぐにまた伏せてしまった。

「無理しないで。先生呼んでくる」

「やめて」

彼女はたどたどしいながらもはっきりと拒否した。

「すぐもどるから」

「戻るって、団体練習に？　だめだよ、とりあえず水飲む？　保健室行くついでに汲《く》んでくる」

彼女がなにかつぶやくが聞こえなくて、私は地面に伏せて彼女の口元に耳を近づけた。

「……ジュース」

「ジュース？　飲みたいの？」

目を閉じたまま彼女がうなずく。身体が火照《ほて》って冷たいものが飲みたいのか？　いくらでも買ってくるが、ジュースなど飲んでいる場合だろうか。

違う、そうだ。美雪は日射病や貧血で倒れたのではない。糖尿病で倒れたのだ。病気のことはよく知らないが、前話したときに普段の生活はなんの支障もなくできるが、血糖値の調節が大変だと言っていた。注射もそのために打っていると。私は駆けだすと体育館前の石段を、友達とのんきにしゃべりながら降りてくる生徒たちを押しのけて駆け上がり、剣道部の練習が聞こえる武道館の脇を走り抜け、体育館横の自販機に制服のポケットに入っていた小銭をもどかしくつぎ込んだ。

甘いジュースはどこ。九十円しか持ってなくて缶ではなくカップ入りのジュースしか買えない。炭酸はむせる気がして山ぶどうジュースのボタンを押し、自販機内でスコンと紙コップが降りてきてジュースの注がれるのをもどかしく見守る。無いとは思うけどいま無駄にしている時間のせいで美雪に重篤《じゅうとく》な障害が出たりしたらどうしよう。

なみなみと液体の入った紙コップを両手で持ち、元来た道を小走りで戻る。こぼさないように気を付けていたが、何度か水面が揺れすぎて手にかかった。細かく足を動かしてでこぼこの石段を降りきり、校舎裏に戻ってくると美雪は同じ姿勢で倒れていて周りには誰もいない。美雪を抱きかかえて頭を膝に乗せてジュースを渡そうとするが、美雪はむずかるようにいやいやをして飲もうとしない。

「ほら、ジュースだよ。さっき欲しいって言ったでしょ、なぜ嫌がるの」

美雪の動作はさっきよりもさらにすべてが緩慢になり、酔って据わったような目つきで、私をうっとうしげに無視した。足を結わえた紐《ひも》から逃れようとするように身をよじる動きも、どこかのっぺりとして尋常ではなく、恐怖で指先が冷たくなった。どうしよう、やはり先生を呼んでこようか。しかしさっき美雪ははっきりと嫌がった。おおごとにしたくないのだろう、なんとか方法はないか。

　美雪の口に無理やり紙コップをあてがい傾けると、赤紫色の液体は飲み込まれずに彼女の口の端を伝い落ちた。無理だ。私はジュースを口に含むと、一緒に細かい氷も入れてしまい、いけない、美雪の喉《のど》につまると思い直し、それはすべて飲み込んでから、今度は氷を入れないようにして新しい一口を含むと、美雪に口移しで飲ませた。唇の柔らかい感触、美雪が驚きびくりとしたのが触れ合っている部分から伝わってきたが、自分の唾液《だえき》と一緒にジュースを押し込んだ。新しく含み、もう一口、また一口。美雪は病状が改善したというより口移しの衝撃でしびれたように大人しくなり、私の与えるジュースを従順に飲み込んだ。いくらか残った分は美雪が紙コップに手を伸ばして自分で飲み干した。しばらくじっとしていたが、薄く目を開けるとのそのそと起き上がった。

「愛ちゃん？」

「そうだよ、私だって気づいてなかったの？　それより、他にどうすればいいの。もっとジュース要る？」

「ううん、もう大丈夫。と思う」

「そんなにすぐ大丈夫になるの？　ジュースを飲んだだけで」

「血糖値が平常値まで上がると動けるようになるから」

それでも頭痛がするのか美雪は頭を手で押さえたまま顔を苦痛に歪《ゆが》めて、座ったまま校舎の壁にもたれかかった。

「私、なにしてたんだっけ」

「中庭で球技大会のセレモニーの練習してたんだよ。たまたま私が窓から覗いていたときに、ふらふら別の場所へ歩きだしたから、どうしたのかと思って追いかけて下に降りてきたら、美雪が倒れてた。覚えてないの？」

「練習をしていたのは覚えているけど、ここまで来たのはあんまり覚えてない」

「私が声をかけたのも、ジュースが飲みたいと言ったのも？」

「うん、すごくぼんやりとしか……。ありがとう。練習に戻るね」

美雪が力の入らない身体で立ち上がろうとする。

「絶対やめておいた方がいいよ。保健室行ったら？」

「ううん、もう大丈夫。学校で倒れたのは初めてだけど、よくあることだから。自分から立候補した係なんだから、やり抜かないと」

私は思わず彼女の身体を押さえた。

「待ちなよ。そもそもなんで倒れたの？　ハードすぎたからじゃないの？　だとすれば同じことをすればまた倒れるでしょう」

「ハードだからじゃなくて、私が悪いの。練習に夢中になりすぎて、油断しちゃった。もうあと少しいけると思ったのに」

私の腕には陸揚げされた烏賊《いか》に似た、くにゃりとした力のない美雪の身体の感触がまだ残っていた。

「今日はもうやめてって言ってるでしょ。分かんないの」

突然声を荒らげた私の怒りに驚き、美雪が私を見つめたままこわばる。彼女を睨みつける私のこめかみに汗が伝い落ちる。美雪は黙り、伏し目がちになった。

「分かりました、ごめんなさい」

美雪が私の手を取る。

「助けてくれて、ありがとう」

私はすぐには気分が治まらず、ずっと下を向いていた。

蟬《せみ》の声のうるさい教室での三者面談で、教師は三年の一学期の私の成績のゆるやかな下降について、少し苦言を呈したが、私が受験勉強で忙しいこの時期に一度も休まずに登校していること、文化祭の実行委員に立候補したことは評価すると付け加えた。母が担任が何か言うたびに畏《かしこ》まり、何度も頭を下げて担任の自尊心をくすぐるお世辞までところどころ挟むせいで、面談が終わるころには担任はすっかり偉そうにそっくり返っていた。

教室を出るまえに何度もお辞儀をくり返していた母の姿を、二人でたどる帰り道の間に思い出し、嫌な気分になる。母は上《うわ》っ面《つら》だけのご機嫌取りではないが、つい人には低く出て相手を喜ばせることにばかり心を砕く。父や私にさえも、自信の無さそうなおどおどした態度。そのくせ超保守的だから、リスクのありそうな新しいことにはどれだけ勧めても挑戦しない。最近運動不足だと嘆くから、勧めたヨガでさえも、腰を痛めるかもしれないからと断り、ほとんどの時間を家にこもり家事をしながら一人で過ごしている。

「暑いね。レストランにでも寄っていこうか」

早足の私の少し後ろをついてきた母が指を差したのは安いファミリーレストランで、下校時間で他の生徒もぞくぞくと通りかかるこの地帯で、いまどき前髪をピンで留めて、ほぼすっぴんで髪の毛をひとまとめにしている母と一緒にパフェやらを食べているところを知り合いに目撃されたくはない。

「ううん、いい」

「そう」

黙りこくって連れ立って歩き、横断歩道のまえまで来たときに私は立ち止まった。

「これから友達んちに用があるから、ここで別れるね。バイバイ」

横断歩道の青信号を渡ろうとしていた母は振り向き、私に何か言いたそうな顔をしたが、立ち止まらずに、

「そうなの。気をつけてね」

と声をかけてから去っていった。青信号なら渡る、の常識をどんなときもくつがえせない人。私はとくにあてもないまま母と反対の道を歩き出した。

夏休みが始まる。だからといってなんの楽しみもない、たとえに会えなくなるだけだ。唯一《ゆいいつ》の希望は夏休み中に、文化祭の前準備のために有志が学校に来る日に、たとえに会えるかもしれないことだけ。私は実行委員だから必ず行くけれど、クラスのなかでは真面目《まじめ》な方のたとえも、先生から声をかけられて来そうな気がする。それとも受験勉強が忙しいからと断っただろうか。彼との距離は一つも縮まっていないのに、

美雪からはメールが来て遊ぶ約束をした。何がしたいんだろうか、私。こんなにのんびりしていたら、たとえが大学に受かって美雪と一緒に上京してしまう。

「あーあ」

伸びをして声に出したため息は、山の向こうの白い入道雲に吸い込まれていく。不穏な胸の高鳴りが、抜けるような青い空よりも雷鳴のとどろく荒れた空模様を欲していた。

美雪は誰かに似ている。思い出せそうなのに出て来なくて、映画館の隣の座席に座っている、さっき買ったばかりのパンフレットに目を落として読む彼女の横顔ばかり見つめていた。正面で見たときより高く見える鼻、まつ毛の長い黒目がちの瞳《ひとみ》、いつも微笑《ほほえ》んでいるような薄い唇の口元。どこで見かけたのだっけ、この繊細な輪郭の線を。

「どうかした？」

私の視線に気づいた美雪が私にちらと微笑む。

「映画を見るまえにパンフレットを買うなんて、映画がめずらしかった時代の人みたい。美雪、実は中身はおばあさんなんじゃない」

「そうかな。私、映画を見るまえはいつも買うよ。けっこうおもしろいの、物語の背景の歴史や、俳優や監督のインタビューも載っていて」

「じゃあ読んで」

上映が始まるまで美雪は低いささやき声でパンフレットの文章を私に読んで聞かせた。

映画のあと寄った美雪の家には彼女の母親がいて、二階の彼女の部屋に上がった私たちにお菓子とお茶を出してくれた。もっと女の子っぽい部屋かと思っていたが、美雪の部屋はじっさいはそっけないほど簡素で小ぢんまりとしていた。デスク、ミニテーブル、白いチェスト、ベッドと、必要最低限の家具しかなく、子どもっぽい小物も飾られていなくて、唯一家族と写っている写真立てと習字やフルートのコンクールの賞状が飾られている。さっき顔を出した満面の笑みで私を迎えてくれた母親といい、美雪はとても大事に育てられた一人娘という雰囲気が部屋に染《し》みついていた。美雪の部屋は、美雪自身から受ける印象に似ていた。

「ねえ、美雪って彼氏いるの」

卵サブレを食べながら開いていたファッション雑誌の恋愛特集の頁《ページ》にかこつけて、ふいに思い浮かんだみたいに美雪に訊く。実はまえから訊く機会を狙っていた。たとえの相手が本当に美雪なのか、学校ではまったく接触しない彼らに私はいまだ確信が持てないでいた。

美雪は肯定するでも否定するでもなく黙りこみ、私はそんな彼女を指差して囃《はや》し立てた。

「なにその沈黙！　さてはいるんでしょ。教えてよ、友達なんだから、別にいいでしょ。私も正直に言うから、ね？　私は、いません」

「本当に？　愛ちゃんは友達も多いし、男子にも人気があるし、ぜったいにいると思ってた」

「おだてても、いないものはいません。最近好きな人もいなくて、恋愛系の話に飢えてるんだ。だから、聞きたい。ねえお願い！　どんな人と付き合ってるの」

「同じ学校の、ひと」

「ええ、本当に?!　まったく気づかなかった。誰？」

「いままで隠してきたの。だから、みんなには黙っててね」

「分かった、秘密にする。で、誰なの？」

「知っているかな、西村たとえ君っていうんだけど」

分かっていたのに、目の前が薄暗くなり、笑顔を保ったまま瞳だけが死ぬ。目の前のこの女を、一生許せそうにない。

「どうかした？」

「ううん、とにかくもう、驚いちゃって。だって西村くんて言えば、一年生のとき私や美雪と同じクラスじゃなかった？　なのにまったく気づかなかった。しかも西村くんとは私、今年も同じクラスなの。へえ、あの真面目そうなヤツに彼女がいたなんてね。しかも相手は美雪。もしかして、一年生の頃から付き合ってたの？」

「ううん、それ以上前から。塾が同じだったから、中学二年生の頃から」

「信じられない、すごく長い付き合いだね！　なんでばれないのかな」

「学校では喋《しゃべ》らないように約束してるの。会うのは通っている塾でだけ」

「へえ、どうして？　皆に知れ渡って冷やかされるのが嫌なの？」

「ううん、たとえ君が親に知られるのを心配してるから」

「親？　ああ、教育ママなんだ。西村くんって秀才だからね。こんな時期に男女交際してるなんて知ったら、別れろって怒られるんだ」

美雪は困った顔であいまいに頷《うなず》く。私は口だけは勝手にぺらぺら喋っていたが、まだショックは抜けていなくて、しゃべればしゃべるほど心が空洞になる。中学のときからの付き合いなんて。お遊びで付き合ってはすぐ別れるカップルはいくらでも見てきたが、高校に入っても続いている子たちなんて、誰一人、噂としてでも聞いたことがない。

「よっぽど好きなんだね」

自分の言葉でたとえの顔を思い出してしまい、胸が切り裂かれる。照れ笑いする美雪が憎々しくてたまらない。

「私たちは、好きっていうより、なんていうか、きょうだいに似た感覚なの。塾で初めて話したときから妙にしっくりきて、そのまま一緒になっちゃった感じ」

「あっちから告白された？」

「うん、告白なんて、そんなたいそうなものじゃないけど、会って一週間も経《た》たないうちに、付き合おうねって言われた。私は、付き合うってどういうことかまだよく分かっていなかったけど、彼がそう言うならと思って、頷いたの」

「えー、なんか純愛」

「恥ずかしいな、こんな話。初めて人に話しちゃった」

上気した頬に手を当てて、無邪気に笑う美雪を見ていると、目つきに殺意がこもりそうで、私は合わせて笑いながら目を伏せた。会って一週間も経たないうちに！　私は二回もたとえと同じクラスになったが、一度もあちらから話しかけられたことはなかった。勇気を出して話しかけてからも、まだ彼からは挨拶《あいさつ》もしてもらえない。頭のどこかで、勝手な逆恨みだと自分を制する声が聞こえてくるが、すぐにたとえの心を手に入れた美雪がうらやましくて仕方ない。

「そんなに長い付き合いなら、もうエッチはしたよね」

「ええ、してないよ」

美雪は階下の母を気にしてか、声をひそめた。

「うそ、中学生のときは無理でも、高校になってから、したでしょ」

「してない、してない。本当に。もうこの話はやめよ」

美雪は他の同い年の女子高生からは考えられないほど過剰に反応して、本当に恥ずかしそうにきまり悪がった。

「冗談。五年弱も付き合ってる彼氏がいて、いまさらかまととぶっても遅いよ」

「本当だってば」

「じゃあ、キスは？」

「してない」

「嘘《うそ》つき。本当だったら、異常だよ」

「異常じゃない。でも、してない。言ったでしょ、好きっていうよりきょうだいみたいな関係だって」

「キスもエッチもしないなら、きょうだいというより、ただの友達じゃない。それで付き合ってるって言えるの？　二人ともそういうのにはまったく興味ないってこと？」

「私は……、ある。でもたとえ君は、そういうこと、してこないの。手は握るけど」

美雪はデート現場を思い出したのかさらに真っ赤になって、いくら私がそれ以上突っ込もうとしても、もう終わり、もう終わりの連続で、紅茶追加してくる、とポットを持って階下へ降りていった。手だけはつないだ、というリアルな告白に、自分から聞いたくせに腹が立つ。美雪の話が本当だとすれば、たとえはものすごく奥手なタイプだといえる。その割には出会ってすぐ付き合おうと言ったり、東京に上京するにあたって美雪も一緒に行こうと誘っているらしいことが手紙には書いてあったし、行動は大胆だ。ではなぜ、手は出さないのだろう。ふいに彼のリュックサックが頭に浮かんだ。くたりとしても買い換えずに、手入れして三年間ずっと同じリュックサックが、いつも彼の背中を静かに守っている。

大切にしているんだ。だから大事に扱い、慈《いつく》しんでいる。

美雪が新しい紅茶のポットを持って部屋に入ってきたとき、私は黒ずんだ嫉妬《しっと》に身体全体を支配されていた。

「美雪は西村くんのどこが好きなの」

「やっぱりその話題なの」

美雪は苦笑しながらポットをテーブルに置く。

「だって気になるじゃない、どこに魅かれたのか」

私は彼の声。ただの朗読なのになぜか私に向かって語りかけているように聞こえたんだ。

「どこって言われれば、全体かな」

「曖昧《あいまい》ね。そりゃ最終的には全部になるだろうけど、きっかけになるのは一つでしょ」

「そうだね。それなら、あの人を包む空気かな。私と似てるなと思ったの」

「どんな空気？」

「教室にいるとね、私たちは浮いちゃうの。みんなと一緒にいても、努力するんだけど、気づいたら離れて外から眺めている。魂が抜けたような無表情で見ちゃうの、輪に入れなくて」

美雪は慎重に言葉を選びながら話す。

「それなら分かる気がする。つまり団体生活になじめない者同士、惹《ひ》かれあったってこと？」

「うん。でもただなじめないというだけじゃなくて、私と彼は輪に入りたいと思いながらも、どこかでもう諦《あきら》めてしまってるの。同い年の人たちに囲まれていても、みんなの明るく強い笑顔や、自分の可能性と今まで通りの幸せを信じきれる強さを、ああ懐《なつ》かしいなと思ってしまうの。私たちにはもう戻ってこない時代だなって、大人ぶるわけでも人より速く成長したつもりなわけでもないけど、ただそう感じるの」

「言ってることがよく分からない」

「ごめんなさい、うまく説明できなくて。えっとね、溺《おぼ》れる者は藁《わら》をも摑《つか》むっていうことわざあるでしょ」

「うん」

「あれは合ってはいるけど、私は〝溺れる者は藁しか摑めない〟の方が正しいんじゃないかと思ってるの。本当は助け上げてくれる力強い腕が良いに決まっているけど、苦しくて闇雲《やみくも》にもがいているから、本当に強い腕を持っている人はそんな人には関わりたくなくて、摑まれるまえに手を引っこめてしまう。だから沈みかけている人間のそばには役に立たない藁ぐらいしか浮いてない。結局動転した気持ちをなんとか抑えて落ち着き、恐怖に打ち勝って身体の力を抜いて自分の浮力で浮く以外、助かる方法はないの。

でも世間が冷たいって言いたいわけじゃなくて、当たり前のことなんだよ。誰だって溺れている人間に手を摑まれれば自分も溺れてしまうと恐くなって手を離す。結局は自分自身にしか頼れないというのは、せち辛いわけでもさびしい世の中だってことでもなく、単純で当たり前の事実でしかない」

真剣に話す美雪の瞳は、いままでに見たことのない大人びた眼差《まなざ》しで、手元に視線を落としながらも、どこか遠くを見ている。

「そんな風に思うのは、病気になったから？」

「うん、それは大きいと思う。きっかけにしかすぎないけど。でも私は本当に両親に助けられたから、こんな考えになったなんてとても罰当たりで言えないんだけど、でも最後の最後は自分一人で闘わなきゃいけないって分かった。自分自身の強さを再確認できて本当に良い機会だった。どれだけ落ち込んでも湧《わ》き出てくる強さを生《なま》で感じて、これなら私辛《つら》いことがあっても生きていけるって自信を持てた。この話を彼にしたとき、彼は何も言わずにずっと頷いてた。ただ静かに同調する姿が、彼の理解の深さをよく表していた。彼にも分かるんだって、私ものすごく安心して、その頃からか

してるってこと？」
「美雪の気持ちが分かったってことは、西村くんも美雪の病気に当たるような経験を
な。この人は私の恋人なんだって実感を持ち始めたのは」

美雪はなにも言わず微笑み、なにかを思い出したようにふっと笑いをもらした。

「そうだ、溺れてるときは藁しか摑めないって思ってたのに、校舎の裏で倒れたとき、愛ちゃんに助けてもらって、あの細いけど力強い腕がとっても嬉《うれ》しかったな。低血糖のときは、重くだるい苦しみが、永遠に続きそうなひどい気分に襲われるの。意識が遠のいて、自分が自分じゃないような感覚で、追いつめられるような感じが、波になって何度も激しく襲いかかる。被害妄想もひどくなるから、助けてくれる人を拒絶しちゃったり。でも愛ちゃんはすぐ見つけて、ジュースまで飲ませてくれて。初めて学校で藁じゃないもの摑んじゃった」

嬉しそうな美雪の顔にいらだちがつのる。たとえと分かり合えるなら私だって病気になりたい。短絡的すぎるって分かってはいるけれど。暴力的な衝動が内側で暴れる。

「西村くんとキスしてないってことは、あれが美雪のファーストキスだったの」

「あれって、愛ちゃんとの？　ふふ、そうだね。あれが初めて。最高のキスだよ、危機を救ってくれた助けのキス」

「もう一回しようか」

美雪の顔が笑顔のまま固まる。

「え？」

「あのとき、意識がもうろうとしてたでしょ。もう一回やり直そうよ、ファーストキス。まあ、私は初めてじゃないけど」

「ううん、もう一回は、必要ないかな」

「そう？」

人なつこく顔を近づけて彼女の肩口に顔をうずめると、彼女は身をこわばらせた。少しずつ私から離れて逃れようとするから、冗談のふりをして彼女を後ろから抱きすくめた。彼女は思ったよりもずっと細く、特に長くもないはずの私の腕はいくらかの隙間を残して余った。

「軽い。ピーマンの種みたく軽い」

胴にからんでくる私の腕にくすぐったそうに身をよじりながら、美雪が笑う。

「ピーマンの種？」

「ピーマンを縦に切って中身をくり抜くとね、種がとても軽くてぴょこぴょこ飛ぶの。台所のシンクに飛び散ったのをいちいち拾うのが面倒」

「料理するんだ。えらいね」

「美雪は、しないの？」

彼女の顔を手でそっとこちらにふり向かせて、彼女の唇に口づけた。美雪はとっさに後ろへ身体を引いたが、目を開けたままの彼女が混乱したまま間近で私を見つめているのを見返してから、彼女の口に深く自分の口を結びつけて舌を差し込んだ。美雪は拒否して手で私を押しのけようとするが、私はいったん唇を離したものの、次は頬に口づけて、ゆっくりと唇を移動していき再び彼女の唇にたどりつくと、やさしく甘く舌で彼女の口内をねぶった。恐怖から力が抜けてずり下がっていく美雪の二の腕を手で摑み固定する。

女と唇を合わせている生理的な嫌悪《けんお》が私の肌を粟立《あわだ》たせて、喉元までゆるい吐き気がこみ上げる。でもやめようとは思わない。さっきまで同じものを食べ、同じものを飲んでいた美雪の唾液と私の唾液は同じ味をしている。さんざん彼女の口内を舌で探ってから唇を離し、再び肩口へ顔をうずめると、美雪が細かくふるえているのが触れ合っている場所から直に伝わる。私は彼女を逃がさない。

たとえ君へ

こんにちは。
そして、おかえりなさい。
はるばる見にいった大学は、どうでしたか?
16時間ものバスの旅、大変でしたね。
着いても大学にしか行かないと言っていましたね。
言葉の通り、やっぱり東京の町は、少しも見ませんでしたか。
私は小さいころに家族と東京タワーへ登りました。
くもり空と高いビルの景色、お店で食べたハンバーグをおぼえてます。
わくわくして、楽しかったです。また行きたいな。
さそってくれたのに、今回はいっしょに行けなくてごめんね。
狩野先生から聞いたけど、私たちの後半のクラス、同じBになるみたい。
成績順じゃなくて、申し込み用紙を出した順で決めたそう。おもしろい先生です。
このまえ、たとえ君が出席していないときの授業の後で。

「君たちのつきあいを認めないのは、成績の落ちるのを心配しているからではない」と、おっしゃってました。

〝親心〟らしいです。

どっちの親ですか？　と聞いたら、もちろん私、だそうです。

狩野先生と後期もまたいっしょに勉強できるなんてうれしいね。

先生に守られてこそ、いまの私たちがあると思う。


十二月に入ってからは、朝は太陽があたたかいけど、夜は冷えこむね。

かぜを引かないように、気をつけてください。

このまえ公園で渡したリップクリームは、もっていてね。

夢を追いかけて、こつこつと頑張るたとえ君が好きです。

三年生になっても、よろしくね。

また旅行の話、聞かせて。それでは、さよなら。

美雪

服を脱いで鏡の前に立つと、服という殻に守られてきた生っちろい私の身体が姿を現す。やせた肩、トップの盛り上がりがやや足りないお尻《しり》、浮きでた肋骨《ろっこつ》、わずかな温度の変化ですぐにすぼまり固くなる乳首、まばらに生えた陰毛。

気に入らない点はいくつも見つかるが、一番いやなのは臍《へそ》の形だ。縦長ではなく、歯のない子どもが笑ったみたいな横長。同級生は顔ばかり気にしているが、私は臍がもっとも気になる。腹筋をつけなきゃ。あともう少し痩《や》せて、いまはやわらかい肉にくるまれている腰骨を、ハンガーみたいにくっきりと浮かび上がらせたい。平たい腹に、縦長の笑わない臍になりたい。

人間の眼が美に対して異常に厳しい事実に、私は戦慄《せんりつ》する。どんな人間も美を選別する能力は神から授けられていて、だから誰もがたやすく美の審査員になれる。彼らが求めるのは、とびきり優れた美しさの集合体ではない。むしろ標準の眼、標準の鼻、標準の唇、標準のプロポーションの身体を求めている。標準の集合体が、心地よく、整って収まっている状態を美と呼ぶ。しかしそれを手に入れることの、比類ないむずかしさといったら。

一ミリの勝負だ。たった一ミリ動かすだけで美が生まれ、たった一ミリずれるだけで美が消える。標準は、だれの瞳にも宿るまっすぐでなにもかも焼切るほどの鉄線。

ぴんと張りつめた極細の線に限りなく近づくためには、死にもの狂いの努力が必要だ。鉄線にぴたりと重なり合うのが不可能でも、少なくともこれ以上は絶対にぶれたくはないし、ぎりぎりまで近づかせることが夢。最終的に鉄線にぴたりと重なり合い、あまりの高温に一瞬で焼け落ちて煙となり、この世から消えることになっても、私は追求し続けたい。

しかし私の美はどうやっても美雪の美には敵《かな》わないのだろうか。たとえに目を留めてもらう価値がないものだろうか。いや、私にもできる。きっと彼を振り向かせることが。

文化祭の準備日に、たとえが来たのを見つけて、私の心は躍り上がった。でも目が野良《のら》猫のように光るのを悟られないために、彼をほとんど見ずにさっと目を伏せた。教室の机をすべて後ろへ引き、床のほとんどを使ってモザイクのように貼《は》り絵をして有名人の似顔絵を描くのが三年生の課題で、うちのクラスは「ティファニーで朝食を」のオードリー・ヘップバーンの顔を作ることになった。

高校三年にもなって中学生のような展示作品を作らされていると、午後から集合した有志たちはさんざん文句を言いながら、ペンキで色づけした紙を、美術部の子が描いたオードリー・ヘップバーンの、巨大な似顔絵に合わせて貼りつけていく。下書きは相当な力作で、オードリーの写真を何倍も拡大してから細かく分割して、本番の紙も細かく割って一コマ一コマ写真をじっくり見ながら完成させたものだった。

入りこめば真剣になれてまあまあおもしろい作業とは言えたが、ずっと床に座りこみ屈《かが》みこんでいるのでとにかく腰が痛くなり、夕方から、晩御飯が、予備校が、と帰り出す者がぽろぽろと出てきて、十人いたうちの半数が帰った七時過ぎになると、続きはまた別の日にしようという提案が出た。

「髪やドレスはあとでいいけど、顔と手は今日やってしまった方が良いよ。また同じ肌色のペンキが作れるとは限らないもの。顔と手の色が全然違ったら変だし」

「えー、でももう疲れたよ。大体おれらは受験生で時間もあんまりないから、適当に手抜きしても完成できるモザイク絵の課題が出てるんだし」

「でも最後の文化祭だし、クラス対抗だから順位がつくんだよ。良いものを完成させたいなあ」

まるでそんなことを思っていないのに、私は口惜しそうに唇をかみしめて未完成の巨大絵を見下ろした。真面目すぎだよ実行委員は、私は帰るから、とさんざんブーイングを浴びる。

「分かった、分かった。みんな帰っていいよ。私はきりの良いところまでやるから」

私は顔を上げて切実な表情でたとえを見つめた。

「西村くんも、帰る？　良かったら、手伝ってくれない？」

今日ずっともくもくと紙に色を塗っては貼りつける作業をくり返していた彼は、おずおずとした私の言葉に即座に頷いた。

「いいよ。おれも顔と手は今日中に仕上げた方が良いと思う」

ごくろうさま、と残っていたメンバーが鞄《かばん》を持って教室を去ると、絶対に彼に近づくと決意していたのに、二人きりになりどきどきしてきた。彼を好きな気持ちが私の身体からあふれ出て、小さな教室じゅうの隅々にまで行きわたる。空気の密度のカルピスの原液ほどの濃さ、つんとする恋の匂《にお》いにたとえが気付いたらと思うと、息がつまりそうになる。彼が目の前にいる。それだけで十分満たされる気もする。

でも同じ空気を共有するだけじゃ物足りない。一つ願いが叶《かな》うと、もっと、もっと、近づきたい。心も身体も距離をゼロにして寄り添いたい。なのに顔が直視できない。美雪に強引にキスしたときのように、身体が自然に素早く動けばいいのに、妙にぎこちなくて。これが恋なら、私はこの不自由さを楽しめない。いらいらする。また絵のまえに屈み丁寧に肌色を塗る彼の手は、すでにペンキでべたべた、色とりどりに汚れている。

「引き止めてごめんね。西村くんも、受験勉強あるのにね」

「大丈夫。あとおれ、こういう作業わりと好き」

「そうなの？」

なんだかいつもより低い声が出る。探るような、響き。高い声の方が可愛いのに。眉根《まゆね》にもきっと、しわが寄っている。

「うん。なにも考えずに集中できるし。この手の部分、難しいな。これ、煙草《たばこ》持ってるの？」

「そうみたい」私は手元にある元の写真に目をやった。「煙草っていうか黒くて長い煙管《キセル》かな。下書き、他は完璧《かんぺき》なのにここは巧《うま》くないね」

「ちょっと写真貸してくれる？　線、足してもいいかな」

「うん」

たとえは刷毛《はけ》を鉛筆に持ち替えて写真をにらみながら線を描き足していくが、気に入らずに消しては何度も描き直した。

「難しいな。モノクロ写真だから粗くて手先がよく見えなくて、奥行きがうまく線にできない。そうだ、絵筆を持って同じ手の形してくれないか」

「分かった」

私が茶色の細い絵筆を写真のオードリーと同じ手のポーズと角度で持つと、彼は私の手を真剣な瞳で見つめながら、指一本一本を紙に写し描いた。たとえに初めて、真正面から見つめられた。濃密な時間が流れて、幸福がまったりとした蜂蜜《はちみつ》になって教室に流れ込む。同時に彼の瞳といそがしく鉛筆を動かしてデッサンする姿を見ていたら、なにか思い出せそうな気がして胸がうずいた。

なんだろう、今の彼と似たような姿の彼を以前に見た気がする。それは美雪の横顔を見ているとなにか思い出しそうになる感覚と似ているが、美雪の場合とは違い、彼に似た誰かではなく、過去の彼自身にまつわる記憶だった。知っているのにどうしても思い出せず、もどかしく、紙と私の手を行き来する彼の視線に身体じゅうがからめとられて動けない。

「よし、できた。写真とは角度とかちょっと違うけど、これなら手だと分かってもらえるよね」

私の手はオードリーの手になり変わり、絵筆ではなく煙管を人差し指と中指の間に優雅に挟んでいた。

「うん、ずっと良くなったよ。手なんて難しいのによく描けるね」

「そうでもない」

たとえははにかみ、言葉少なになると、また紙を貼る作業を再開し始めた。

なんだか、良い感じじゃない、私たち。

共同作業を通して、いままでになかった親密な空気が確実に私とたとえの間に生まれていた。彼が私に対して築いていた人見知りの壁が薄れている。いま、私に向かって自然な笑顔を見せる彼になら、なんの気おくれもなく話しかけられる。

パンッ、パンッと鉄砲のような音が開け放した窓の外から聞こえてきて、私も彼も手を止めて窓を見ると、また音がして窓の下部分にぱらりと火花が散った。続いて拍手と歓声も聞こえる。

「なになに？　花火」

「みたいだな」

二人で窓に近づき下を見下ろすと、下級生の男子たちが打ち上げ花火を中庭のコンクリートの上にいくつも並べて、順ぐりに点火しているのが見えた。受験間近の三年生はほとんど帰っているはずだが、下級生たちは本番でもないのにお祭り騒ぎだ。

「なんで花火なんか持ってきてるんだろうな」

「催し物に使うつもりだったんじゃない？」

「禁止されてるだろ」

シュッと素早い音を発して噴き上がった火花の塊は私たちの目線のすぐ下まであっという間に登りつめて、パンと音を出しオレンジ色の炎を散らした。思わず突き出していた顔を引っ込めたたとえは年相応の少年の笑顔になり声を上げた。

「びっくりした、顔に浴びるかと思った」

「だいぶ近くまで来たね」

すみませーんと下級生のうちの一人が下から声を上げる。大丈夫と手をふったあと、私たちは身を乗り出すのを控えめにして、背丈ほどの高さで滝のように火花の噴き上がるタイプの花火を見た。それは、校舎から先生が飛び出してくるまで続いて、花火の残りかすの筒を抱いて逃げまどう下級生たちの姿を見下ろして私たちは声を立てて笑った。

「さあ、やるか」

「うん、あと少しだもんね」

顔を見合わせて、作業していたときよりもずっとお互いの顔が近くにあることにたとえが、ちらと動揺したのに瞳の動きで気づいた。

「私と西村くんの二人になってからの方がはかどったかもね」

微笑んだまま顔をもう少し近づけると、彼は、そう？　とつぶやいて、唇を指先で触わる、幼いしぐさをした。用心しているのに、限りなく無防備な印象を人に与える。どうしてこの人はこんなにも、他人との心の距離に敏感なんだろう。人と親しくなりすぎると、罰として微量の電流でも走る仕組みの身体なんだろうか。

たとえと二人きりでいられる時間もあと少し。言いたいこと、聞きたいことは今のうちに済ませなくちゃいけない。

「私と友達になったって、美雪から聞いた？」

たとえは刷毛を動かす手を止めて、私を見たまま何も言わない。みるみるうちに彼の表情に警戒心が霜のように冷たく降りてきて、せっかくの和んだ空気がたちまち消え失《う》せた。一歩踏みこんだことを話題にすると、こんなに警戒するなんて。警戒されるのは一番こたえる。でも気づいてないふりをして私は同じ明るい調子で話し続けた。

「あれ、知らないか。最近私と美雪、仲良くなって、今度また一緒に映画を見に行くんだ。このまえ二人で話したとき、美雪から西村くんと中学生のころから付き合ってるって聞いて、びっくりして。いい子だよね、美雪」

たとえをうかがうと彼はすっかり殻に閉じこもって機械的に手を動かしている。

「もしかして、聞いちゃいけなかった？」

恐る恐る尋ねると、たとえはハッと表情を取り戻し、いや別に、と無理やり笑顔を作った。

「西村くんが彼氏って聞いて、私、本当に驚いたんだよ。だって……」

刷毛を持って動かしている私の手にぐっと力が入る。だめだ、あまり力みすぎると鬼気迫って余裕がなく見える。感情と行動を切り離せ。心臓のばくばくする緊張や不安は身体の外に置いて。

「私も西村くんが好きだから」

簡単に、でも困ったように唇を引き結んでたとえに向かって微笑むと、彼はぼうっとした顔で私を見上げた。

「一年のときも同じクラスだったよね。そのときから気になってたんだけど、同じクラスなのに話しかけることもできなくて、ぐずぐずしてたら二年生になっちゃって。三年でまた同じクラスになれてうれしかった。掃除のとき話しかけたの覚えてる？ちりとりしてって」

「うん」

「すごく勇気が要ったけど、思いきって話しかけたの。緊張してたし、なんだか不自然なことばかり言ってしまってごめんなさい」

「いや……」

「二人が付き合っていると聞いたとき、私も西村くんが好きって、美雪に打ち明けられなかった。美雪がたとえ君って呼ぶ度に胸が痛くて。こうして先に西村くんに打ち明けるなんて順番、間違っちゃったね。ごめんなさい。美雪にも近々言う」

たとえ君も美雪が好きなんだよね。付き合ってるんだから当たり前か。本当変なこと言っちゃった。美雪から聞いた時点で失恋て分かったわけだけど、好きだったってことは、つい伝えたくなっちゃった。私のわがまま。でも言ったらすっきりした、聞いてくれてありがとう。私のことは、もう気にしないでね。美雪とお幸せに。

ここまで言い切って帰れば本当にけなげなしおらしい女子を演じきれるのだろうが、さっきからほとんど無反応で私の話を聞いているたとえを前にしたら、そうか、さよなら、とあっさり帰されて、告白したことなど無かったかのようにかき消えてしまいそうで、恐しくて言えない。私はまだ一度も彼を揺さぶっていない。敗北のくやしさに心に血がにじむ。

「私では、だめ？」

小さな声でつぶやくと、彼が私を見て、私も彼を見て、あんまりまっすぐに見つめられて、私はどんどん透明になる。ここまで自分という人間の評価を、価値を、他人に預けたのは初めてだった。プライドが、自分が磨滅して、ぐらりと目まいのする危険な行為だ。幼い子どもに返って、歯止めのきかなくなりそうな。しかしたとえは私を値踏みする視線で眺めまわすのではなく、どこか気の毒そうな、同情に似た視線を私に当てたあと、しおれて、

「ごめん」

と消え入りそうな声で言いうつむいた。私は私という陶器の花瓶に亀裂《きれつ》の入る音が聞こえた。亀裂の稲妻の線がどんどん長く走り花瓶が割れてしまい、花が倒れて水がもれ出すのも時間の問題だ。

「どうして、だめ？」

こんなことを聞くなんてプライドが許さない。でも聞きたい。もうたとえの目は見られない。

「うそをついてるから」

「どういう意味、それ」

「ごめん。うそなんじゃないかな、となんとなく思ったから」

「私がたとえ君を好きってことが？」

「いや、なんだか話していることが。人がうそをつく気配に、おれは敏感だから」

「なにそれ。一生懸命話したのに、うそなんてひどい」

「ごめん」

たとえは戸惑い、明らかに本心をぽろりと言ってしまったことを後悔していた。私は私で傷口に塩を塗られ、また図星をさされたことで真っ赤になった。たとえを好きという気持ちに嘘はないが、彼に気に入ってもらうため言葉を飾りたてて演じていたのは確かだ。それをあっさり見抜かれたうえ、非難するでもなく無邪気このうえないつぶやきで指摘されて、恥ずかしさのあまり、怒りがすうっと冷淡な攻撃へ形を変えた。

「たとえが美雪のどこを好きか当ててあげる。自分より弱いところでしょ。同じ世界にいるふりをしながら、美雪のどうしても乗り越えられないタイプの弱さに安心してる。自分の小さな世界を守りたいから、ああいう女の子を選ぶのよ」

冷たくどす黒い笑みを浮かべたまま、すらすらと言い放ち、たとえの顔も見ずに教室を出た。校舎を出る頃には、身体《からだ》はまだ熱かったが頭は急速に冷めていき、自分が世界一馬鹿な生き物に思えてきた。いや、思うだけではなくて確実に馬鹿だ。長く仲良く付き合っているカップルに勝手に嫉妬して、横取りしようと告白したあげく、ふられて逆上して捨て台詞《ぜりふ》を吐いて出てきた。唾《つば》を吐きかけられても文句を言えないほどの、愚劣な行為の連続。他人が私を好きなあまりこんな醜態をさらしたとしたら、私は嘲笑《あざわら》いながらも、なんだこのうっとうしい奴《やつ》はと本気で腹を立てるだろう。そして二度と関わらない。欲張るあまり、ついさっきまでたとえとの間に流れていた親密な空気さえも失ってしまった。

二人で並んで花火を見下ろしていたときの、あの雰囲気が恋しい。そもそも実行委員でもないのに私と教室に残って一緒に作業してくれた、やさしい人なのに。走って戻り謝りたい衝動に駆られたが、足は強い意志で、学校の外へ向かっていた。謝るくらいなら言うな。衝動的に行動してすぐに衝動的に謝る人間は、反省が足りないから、すぐまた同じことをくり返す。いままで散々高飛車に心のなかで人に浴びせてきた批判が、自分に矢になって突き刺さり、初めて役に立っていた。両手をぐっと握りしめ、肩をいからせて早歩きで校門から出た。こわくて一度も振り返ることができなかった。

たとえ君へ

こんにちは。なかなかお手紙書けず、すみません。

まえに会ったとき少しやせていたから、どうしてるかなと思っています。
さて、このまえ話し合ったことの、答えなんですが。
たとえ君、私もまだ見つけられません。
二人で力を合わせれば見つかるかもしれないと、きれいごとさえ言えません。
でもいつかその弱さも受けとめられるように。
言葉にしなくても、つないだ手のあたたかさで安心できるように。
心の底から祈っています。
この手紙も、その祈りの一部です。

日常のなかで私は、なんの役にも立たない小さなうそをついてしまいます。
そんな自分がきらいです。
このことに、良いことなんて何もない。でもただ一つ。
正直な人は、人を信じる強さを持っていることを教えてくれました。
うそをつく人は、人を信じる強ささえ持っていないことも。
たとえ君、私はあなたの前では、できるかぎり澄みたいと思っています。
素直なありのままの私で、あなたと向き合いたい。

「早く卒業して、一刻も早くこの町を出て行きたい」

いつかあなたが、言ったことがありましたね。

「成功だけが、自分の正しさを証明する手段」とも。

あのとき私は黙ってしまったけれど、
本当は、あなたの気持ちをとてもよく分かっていたの。

ただ私はこの町が本当に好きで、自分もその一部の気がしてたから、あなたの強い言葉に、ひとり勝手にうちひしがれてしまった。

でもじっさいは、よく分かっていた。


もしあなたがこの町を、この町に住む人々を許せる日が来るなら。

私はいくらでも待ちます。

あなたがいつでも戻ってこられるように。

もしあなたが新しい町で、ふかぶかと呼吸し、素直に笑えるなら、私はともに行きます。

心から喜んで、あなたに届きます。

美雪

廊下で美雪とすれ違ったとき、彼女に呼び止められて、私はたとえに告白したことを問い詰められるのかとぞっとした。

「なに？」

後ろめたいせいで棘《とげ》のある私の態度に、美雪が怯《おび》えの色を見せる。

「ううん、たいしたことじゃないんだけど。いま、忙しい？」

「平気だけど」

「また一緒に遊べないかなと思って。最近、自分でケーキを焼くようになったの。食べに来ない？」

なるほど、美雪の家でゆっくり問いつめられるのか。なぜたとえ君が私の彼氏と知っていて告白したの、私と友達になったのは彼に近づくためなの？　と。たとえがすぐに美雪に告げ口をしたのだろう。いや、報告と言った方が正しいかもしれない。現に美雪には前にはない私の顔色をうかがう、不安な目つきが宿っていた。

聞きたいなら話してあげよう。私の恋のこと、美雪に近づいたわけ。あんたには本当の友達なんて、一人もいないんだってこと。

「わかった、行く。いつならいい？」

「いつでもいいよ、平日でも休日でも。愛ちゃんの都合のつく日にして。私は大体、家にいるから」

「そう。なら、明日でもいい？」

「うん。待ってる」

美雪は心配そうな顔のまま、何回かふり返りながら去って行った。あちらもあちらで、私の態度が変わったことに気づいている。きっとたとえから私が告白したときの様子を聞いているのだろう。付き合っている二人なんだから、話さないわけがない。あっさりふられた私を気の毒だと思っているから、やさしく接したのだろうか。だとしたら、なんてみじめなんだろう。美雪の部屋なんて、いま一番行きたくない場所だ。

でも行くしかない。ふられたくせに私は相変わらずたとえへの執着を消せない。重い気持ちを引きずるようにして登校し、教室へ入ると、ときどき気遣わしげなたとえの視線にぶつかった。何か言いたそうに、でも何も言わずに、心配そうな視線だけを注いでくる。私はいらだち、でもきまりわるい幸せに身体が包まれて混乱した。私から話しかける勇気などもう残っていなかった。
皮肉なことに、ふられてからようやく、すれ違うときにたとえから会釈《えしゃく》をしてもらえるようになった。私は恥ずかしく、うつむいて無視した。なぜあんなに焦《あせ》ってしまったのか。ゆっくり自分を好きにならせればよかったのに、過程のすべてを省いてしまった。いままでの男の子たちなら、みんなすぐに話がついたから、同じやり方で近づいてしまった。恥ずかしさのあまり嫌いになりたかったが、やはり彼が同じ教室で同じ空気を呼吸していることに慰められていた。寝付きは悪く、朝はだるい。勉強をする気は起らず、そもそもなぜいままでなんの疑問も持たずに勉強していたかわからなくなり、二学期の中間テストはどの教科も点数ががた落ちした。教師たちは私に答案を渡すとき、風邪でも引いたか、と苦笑いでからかい、私も、ちょっと調子悪くてと返したが、一時的な悪化ではなくこれからもっと点数は下降していくと分かっていた。だるいなあ、寝ていたいなあと思うのはたとえの件で悩みすぎているせいで、でもそう思いながらも学校に行くのはたとえに会うためだ。なんだか矛盾だらけの生活だけど、その矛盾を解決する元気も手立ても、今の私は持ち合わせていない。

「愛ちゃん、いらっしゃい」

呼び鈴を押したあと、ドアを開けて顔を出した美雪は、私の顔を見た瞬間は、うれしそうに笑顔がほどけたが、どこかびくびくした雰囲気があった。彼女の部屋に入ると、気まずい沈黙を恐れているのか、やたら明るく私に話しかけてくる。スポンジから作ったという美雪のチョコケーキは薄く削ったチョコの口どけが良い、ケーキ屋さんで売っていてもおかしくない味だったが、彼女はスポンジが固く重くなっていないかばかり気にしていて、私がおいしいと言ってもまだ信用できないふうにケーキをついていた。

「今日、私になにか、話がある?」

ケーキ用の小さなフォークを皿に置いて尋ねると、彼女はびくりとしてから、なぜか赤くなった。

「ううん、特に考えていなかったけど。なぜ?」

「何か言いたそうに見えたから」

美雪は唇を強くかみしめると、座りなおして姿勢を正した。

「言いたいこと、一つだけあった。あのね、私、愛ちゃんとは気まずくなりたくないの」

なにを言いだすかと思えば。思わず鼻で笑い、皿にのこったケーキの茶色いスポンジくずを指で中央にかき集めた。

「愛ちゃんも知ってると思うけど、私は高校に入ってから友達があまりできなくて、特に三年生になってからは自分も閉じるようになってしまったから、話す人さえいなくなって。でも愛ちゃんが話しかけてくれて、学校でも話すようになって、一緒に映画も見れて、私初めて学校生活が楽しくなってきたの。注射、教室で打ちなよって言ってくれて、うれしかった。まだ一度きりだけど、このまえ注射と昼ご飯をとてもひさしぶりに教室で済ませることができたの。愛ちゃんのおかげだと思ってる。だから、ああいったことは忘れて、また友達同士に戻りたい」

「忘れられないよ。私がどれだけ好きだと思ってるの」

激しい口調で吐き捨てると、もともと紅潮していた美雪の顔がさらに真っ赤になり、目に見えてどぎまぎし始めた。さっきからなにか様子がおかしい。

「そんなに真剣だったの。ごめんなさい、私はてっきり軽いおふざけだと思っていて」

「おふざけ?!　私があんなに必死だったのに冗談だと見るなんて信じられない。いったいたとえは美雪になんて言ったわけ？」

「ごめんなさい、私まだ、愛ちゃんにキスされたことは、たとえ君に話してないの」

見当違いの謝罪に一瞬ぽかんとしたが、すぐにいままでの疑問点が線になってつながった。

なんてのんきな子だろう。今、私に告白されたのは自分だと勘違いして真っ赤になっている。

彼女の姿がたとえに告白したときの間抜けな自分の姿と重なって、笑いがこみ上げそうになる。おもしろいじゃないか。最後までその勘違いに付き合ってやろう。私はカップルの両方に告白する変人になってやる。

「美雪はなかったことにしたいの？」

「わからない。ただ、愛ちゃんとはずっと友達でいたいから、このまま話さなくなっちゃうのは悲しくて」

「私は最初から友達なんて目では、あなたを見てなかったんだよ。ずっと好きだった。あのキスは、そういう意味だよ」

身を乗り出して詐欺師《さぎし》並みにぺらぺらと出てくる言葉を美雪に語りかけたら、ふとたとえに〝うそだろ〟と言われたのを思い出して顔から血の気が引いた。私はまた腐った性根を暴《あば》かれて、丁重にお断りされるのだろうか。

しかし美雪は驚きのまだ去らない瞳《ひとみ》を大きく見開いて、真剣に私の話を聞いていた。

たとえと美雪、二人はお互いを似ていると思っているかもしれないが、美雪のほうがよほど人を信じやすく、感激屋だ。たとえの疑《うたぐ》り深く、しかしどこか無防備に怯《おび》えをむき出しにしているたたずまいとは根本的に異なっている。

「でも私、女だから嫌だよね」

言いながらも私はそっと美雪に抱きついた。もちろん私だって女など嫌だ。こんな良い雰囲気のなか抱き合っているという事実にさえ、ぞっとして鳥肌が立つ。しかし美雪は激しく反論した。

「女だから嫌、なんて思わない。どの人を好きになるのも、個人の自由だもの」

「でも美雪は男しか好きになれないんでしょ」

悲しげに言いながら彼女の背中に下から上へ指を這《は》わせて触っていると、またこのまえのように彼女の身体が震えてくるのが分かった。キスをしたとき、美雪は恐《こわ》くて震えているのだろうと思った。でもいまなら違うと分かる。彼女は戸惑いながらも触れられることを喜んでいる。ラグランシャツの裾《すそ》から手を入れてキャミソールを越え、ブラジャーの紐《ひも》の一本線に締め付けられた彼女の熱い素肌をじかに撫《な》でまわすと、美雪の頭が載る私の肩口が彼女の吐息で熱く湿った。抵抗を見せない彼女にむしろ私のほうが戸惑っていたけど、手はつたないが情熱的な愛撫《あいぶ》をくり返していた。キスしようとすると、目がすでにとろけている美雪は、微力をふりしぼって手を持ち上げて私を制した。

「女だからとか、関係なく、人を好きになる気持ちは、分かるの。でも、すぐに身体を触れあわせなくても、愛情を伝える方法はあるでしょう」

「たとえと美雪の愛情は、そうなんだろうね。でも私のは違う」

歯の浮くせりふを並べたてながら再び美雪にキスをした。なるべく相手が女だと考えないように苦労して唇や舌を動かしていると、突然美雪が反応を返してきて、私もしばらくその感触に夢中になった。顔を離すと美雪はそのまま熱い唇を私の首や鎖骨にまばらに降らせた。だれか止めてくれと心のなかで叫びながら、私は冷えたままの手で自分のブラウスのボタンを外し、前を開いて肩までずらすと、美雪のキャミソールもまくり上げた。

細身の美雪の素肌と、私なら絶対つけないような綿素材のブラジャーが現れて、目の前がくらくらしだした。いままで男の人との間に積み上げてきたいくらかの経験が、何の役にも立たないまま崩れてゆく。

つらい状況に陥り、息もできないほどに追いつめられると、いつも頭に思い浮かぶ風景が私にはある。ごく幼いころに訪れたどこかの旅行先の海の風景だ。クリームソーダの色をした異国の海は、強すぎる光で白く見える太陽光を浴びて、のっぺりと、しかしとてもつめたそうにきらめいていた。幼い私は缶を振ったあとコップに注いだ炭酸飲料のようにシュワシュワと泡立つ波打ち際《ぎわ》のあぶくを踏みながら、小さな歩幅で砂浜を歩く。

遠い記憶はまるで曇ったコーラ瓶の内側に詰められたようにぼやけた、茶色く甘い色彩をしている。手を浸《つ》けた海水は冷たく、私は泳がずにしゃがんで、ただ波打ち際の砂を掘り返し、掘る度に冷たくなっていくその海水と泥のように重い砂のなかに、静かに両足を埋めた……。

美雪の瘦《や》せた腰、浮き出た鎖骨、産毛《うぶげ》が埋める肩の肌の味、後ろから強く摑《つか》んだらくずれそうなほど柔らかい乳房。そのどれもが私に鳥肌を立たせて、私に絡《から》みつく彼女の脚を振りほどきたくなる。感じると切なげに私を締めつけてくる彼女の脚は、内股《うちまた》だけが溶けそうに熱く、私の太ももを熱で汚す。臍《へそ》から胸までの身体の真ん中を、下から上へ舌でそろりと舐《な》め上げていると、美雪があまり大きな声で喘《あえ》ぐから、階下の彼女の母親に聞こえないか心配で、思わず美雪の口をふさいだ。

髪をかき乱しきつく目をつむっていた美雪が薄眼を開き、私の顔がこわばっているのに気付くと、手を伸ばして私にも触れようとしたが、私はどうしても悦《よろこ》ばされる側にはなりたくなくて、さりげなく避けた。すると彼女の手は目的を失ってまたベッドに落ち、重い、快感に耐えるうめき声がまた響きだした。

女の身体で知らないところはなかった。当たり前だ。彼女の身体は私と同じく、隆起や曲線を複雑に描き、ときどき私は自分の身体を抱いている感覚に陥り、ゆるい吐き気に襲われた。どこをどんな風に触れれば良いか考えるとき、私は私の経験を思い出さなければならず、そのたびに私の身体の映像が彼女の身体の上に重なる。息が詰まり指と舌を止めて美雪を見下ろした。美しかった。でも彼女はなぜこんなに華奢《きゃしゃ》なのに、広大なのだろう。愛されてよろこぶ千の部位の結晶。一つの小さな国にまたがっているみたいだ。

くだけた熱いゼリーの感触の場所に指を進めると、

「愛ちゃん、やめて」

美雪は動揺して私の侵入を拒むが、拒みきれるはずもない。なぜなら私は知っているから、そのなかの構造を、仕組みを、どこを擦《さす》れば気持ち良いかを。異物を無理やり受け入れざるを得なくなった美雪の身体が、熱を急激に失い、恐怖で固まり重くなるのを指先で感じる。美雪は息をひそめていたが、限界を超えると、肩で息をして泣きべそをかいた。私が自分の頬を彼女の頬に寄せると、彼女のこめかみに私のこめかみから伝った汗が一粒落ちた。

「大丈夫。私も初め、そうだったから。力を抜いて」

内部で繊細にうごめく私の指に、怯えで凝り固まっていた美雪の身体が、少しずつ力を抜いてゆく。熱く溶けた小さい肉の感触に、おぞけで震えがきた。吐き気がして、空の嗚咽《おえつ》に喉《のど》が鳴り、舌が口から飛び出しそうになる。しかし指は私の感情を反映せず、不思議なくらい平静に、優美な動きをくり返している。

自らの身体をすべて私に任せて、瞳を未知の恐怖にちらちら動かし、しかし従順に刺激に反応して潤《うる》みを増してゆく美雪を見つめていると、いままで感じたことのない美雪への独占欲が生まれた。彼女をもっと支配したい気持ちとむちゃくちゃに壊したい衝動が激しく混ざり合う。この、相手を摑んで握りつぶしたくなるような欲を、男の子たちがいままで〝かわいい〟という言葉に変換して私に浴びせてきたのだとしたら、私はその言葉を、まったく別なものとしてひどく勘違いしていたことになる。

「思いだした」痛みと快感のはざまでうめいていた美雪が、私のつぶやきに薄眼を開ける。

「美雪の横顔、なにかに似てるってずっと思ってて、思い出せなくて、でもいま、思い出した。うちの玄関の飾り棚に置いてある、花を抱えた天使の像だ。いつも見てるのに、気づかなかった」

「うれしい。愛ちゃん、私、うれしい」

「なにが？」

私の言葉に返事もできず、唐突に自分から腰をふるのを抑えきれなくなった美雪の姿を見ると、ついに堰《せ》きとめられなくなって、私は美雪にしているのと同じやり方で、自分自身も侵した。信じられないほど気持ち良く、絶頂の気配がせまると、美雪をもっと感じたくて彼女の膝小僧《ひざこぞう》に擦りつけた。美雪も無我夢中で私にしがみつき、二人で真っ白にくだけた。

ベッドで寝そべっていると、一階へ降りた美雪が、母親と話している声が聞こえた。なにを言っているかまでは分からないものの、母親と話す彼女の声は、いつもより幼く高い。

美雪は飲み物と食べ物の皿を盆に乗せて戻ってきた。

「美雪、すごいね」

「なにが？」

「あんなことの後で、するっと娘に戻れるなんて」

後ろ手でドアを閉めた彼女は赤くなった。

「母が好きなの。それだけ」

美雪はシーツの隙間《すきま》に身体を滑りこませると、私にそっと寄り添った。美雪のぬくもりに瞼《まぶた》が重くなる。

「少しだけ、ここで眠ってもいい？　眠くなるのはひさしぶり」

「そうなの？　普段は眠くならないの？」

「ならない」

スピーカーからラジオが流れている。道路交通ニュース、Jポップカウントダウンと番組が続く。周波数を○・一ほど間違えているのかノイズが入る。リスナーからの葉書を読んだ後の女性のDJが、飼っていたジュウシマツについて話している。

「ラジオ消してほしい」

「夜、眠れないの？」

ボタンを押してコンポの電源を切りながら、美雪が尋ねてくる。

「寝てるけど、浅すぎて正しい睡眠じゃない。朝三時ごろにぽっかり目が覚めるの。で、そのまま寝られずに布団《ふとん》のなかで充血した目を開き続けている。早く生まれすぎて水分の足りない赤ん坊みたいな心地になる」

「寝ましょう、ここで。ぐっすりと。夕方になれば起こしてあげる」

私が清潔な洗いたてのタオルケットを鎖骨の下までかぶって寝転び瞳を閉じると、美雪がゆっくりと私の髪をなでた。救いに似たなにかが私の髪を梳《す》く美雪の指から降りかかってくる。指の先の丸みが額の生え際に触れる軽く優しい瞬間、激しくなにかを欲して、指が髪に分け入り通り過ぎていくときに、その渇望《かつぼう》が淡く満たされる。

一日が終わった後ぐらいの倦怠《けんたい》感に身体が包まれているのに、まだ夕方ですらなく、昼だ。カーテンが真昼の日光を遮り、しかし遮りきれずに生地の網目が明るく透けている。窓の向こうの道路を、不要品回収の車が、録音の高い女の声をくり返し流しながら、家の前をゆっくり通り過ぎてゆく。ふと気づくと美雪の手の動きは止《や》み、隣から規則正しい軽い寝息が聞こえた。彼女は先に眠りの世界へ行ってしまった。あんまりさびしくて、目を閉じ直すが眠れず、こんなときまで私は孤独をかこっている。

卵の黄身だったころにもどりたい。固い殻に守られて卵白の中央に浮かんでいた、幸福な黄色だったころに。それが無理なら、いますぐ灰になって、土にばらまかれて、緑あふれる森へ帰りたい。

自分で招いた事態だったが、私はすでに自分の状況の複雑さについていけなくなっていた。学校に行き、教室でたとえの顔を見ると、彼の恋人を無理やり盗《と》ってしまった後ろめたさと相変わらずの恋心がないまぜになり、以前よりさらに複雑になった感情が押し寄せてきた。私はなぜ、好きな人の間男になったのだろう！　好きな男にふられた腹いせに彼の女と寝る、こんな女が他にいるだろうか。美雪とは顔も合わせたくなくて、廊下の向こうから彼女が歩いてくるのを見つけると、急いで引き返した。美雪を抱いたときに感じた、あの愛情と独占欲が噴き出すような激情は、直後に身体から抜け去り、いまは最後まで私に抱かれぬいた彼女が恐しいくらいだった。私の好きにさせるなんて、一体何を考えているんだろう。自分から迫ったことを差し置いて、彼女を穢《けが》らわしく感じる。あんなことがあったのに、素知らぬふりしてまだたとえと逢《あ》い続けているのだろうか。それよりも、彼女が悩んだ末にたとえと別れて、私と付き合うと言ってきたら、どうしよう。

それだ。

私は数学のテストの最中の、真っ白な答案のうえで頭を締めつけていた手をゆるめた。美雪を私に惚《ほ》れさせれば、たとえと別れさせることができる。別れる際美雪がたとえに正直に私たちの関係を暴露したら、私がたとえと付き合える確率は非常に低くなるが、それでもたとえと美雪がともにこの町を離れて東京へ行く姿は見なくて済む。

でもそれじゃ、ただの破壊じゃないか。

めったにうずかない私の良心が声をあげ、私の心は再び重く沈んだ。五年間も仲良く続いていた二人の絆《きずな》を壊し、好きでもない女を奪い、二人をひどいやり方で傷つけて何も生まない。そんな焼け野原を見るために私はたとえに恋したというのか。だとすれば私の恋心なんて、凶暴なだけでなんの価値もない、最低最悪の劣情だ。

カンニングと疑われるかもしれないので、首を動かせず、たとえを眺めることはできないが、いま一心不乱に問題を解いているはずの彼を目をつむって想像して、心を落ち着かせる。告白して、謝られた時点で、夢が叶《かな》わないことは、当然受け入れなければならなかった。しかし私は衝動に駆られ、美雪に迫った。たとえより先に美雪を手に入れて、彼を傷つけるために。結局、傷つけたかったのだ。傷ついたプライドをなんとか持ち直したくて、ひどいやり方で復讐《ふくしゅう》した。

「あと五分です」

静まり返った教室に、先生の声が告げる。一切集中できず、一問も解かなかった答案を見下ろして、私の頭は霞《かすみ》がかかった。私の将来は、いったいどうなるんだろう。このざまでは受かる大学などないだろうが、浪人なんてまっぴらだ。せめて名前だけでも答案に書き入れる。愛。常に発情している、陳腐な私の名前。黒鉛で書いても、真っ赤に染まっている。

愛は、唾棄《だき》すべきもの。踏みつけて、にじるもの。ぬれた使い古しの雑巾《ぞうきん》を嗅《か》ぐように、恐る恐る顔を近づけるもの。鰯《いわし》のうす黒いはらわた、道路に漏れるぎらついた七色のガソリン、野外のベンチにうすく積もった、ざらざらした黒いほこり。

恋は、とがった赤い舌の先、思いきり摑む茨《いばら》の葉、野草でこしらえた王冠、頭を垂れたうす緑色の発芽。休日の朝の起き抜けに布団の中で聞く、外で遊ぶ子どもの笑い声、ガードレールのひしゃげた茶色い傷、ハムスターを手のひらに乗せたときに伝わる、暖かい腹と脈打つ小さな心臓。

私は、乾いた血の飛沫、ひび割れた石鹼《せっけん》。ガスとちりの厚い層に覆《おお》われた惑星。


「先生が、賞状といっしょに写真を撮って、卒業アルバムに載せたいって」

放課後にたとえがふいに話しかけてきて、教科書をかばんに詰め込み帰る支度をしていた私は、瞬間息もできないほど固まった。

「クラス対抗で一位をとった記念らしい。二人で賞状を持っているところを撮りたいって」

結局あのオードリー・ヘップバーンの絵は私が放り出して帰ったあとも、たとえがいくらか手を入れて、完成度の高いその絵は、六クラス中一位の投票数を集めて、文化祭終了後に私はホームルームで先生から賞状を手渡された。怒りにまかせて中途で見放した作品を、先生はすっかり実行委員の私が頑張った賜物《たまもの》だと勘違いしていて、拍手に包まれながら私はこれ以上にない居心地の悪さを味わった。私とたとえが賞状を持つことになったのは、クラスの誰かが私とたとえが夜遅くまで残って作品を仕上げていたと先生に言ったせいだろう。

「先生、廊下でカメラ持って待ってる。行こう」

ごく普通に話しかけてくるたとえの様子で、美雪が私たちの関係について話していないのだと察し、少しほっとした。

「私、賞状持って写る権利なんかないよ」

「どうして」

「だって途中で帰っちゃったし。そっちが、仕上げてくれたでしょ」

「いや、あのあと、おれ三十分もしないうち帰ったよ、あの日」

あの日という単語で自分の稚拙な愛の告白が思い出されて、きまりが悪くなりうつむく。たとえも動揺し、私たちの間に苦い空気が走った。

「それに、そっちが文化祭実行委員でみんなをまとめてたんだしさ。行こう」

廊下に出ると賞状を持ってうれしそうな先生が、私とたとえに賞状を手渡し、廊下の窓から入る日光の角度を微妙に計算しながら私たちを隣どうしに並ばせた。

「お、二人ともお似合いじゃないか。うちのクラスの、最初で最後の栄光だからなー。卒業アルバムには大きく載せてやるぞ」

ひょんなところでたとえとのツーショットの記念写真を撮ってもらえることになってしまった。以前ならうれしくてたまらなかったはずなのに、いまはフラッシュが光る度、自分の罪が照らし出されるようで後ろめたい。

「よし、ごくろうさま。あ、その賞状、どっちかが持って帰ってもいいぞ。いらなければ、先生が預かっておくが」

私は額に入ったそれを持ったまま困惑した。

「だって。どうする？」

「おれは、どっちでもいいよ」

私は欲しかったが、欲しいというと未練があるのがばれそうでこわかった。

「私も、どっちでもいい」

「ん？　二人ともいらないなら持って帰るぞ」

ぼした。

「じゃあおれ、もらいます」

賞状がたとえの手にわたる。私はうれしさとおかしみが混ざって、思わず笑みをこぼした。

「そんなの欲しいの？」

「うん。記念」

教室に飾っていた間に降り積もったガラス面のほこりを丁寧に手で払うと、彼は額を脇《わき》に抱えて去って行く。わりと素直に私と話す、何も知らない彼の後ろ姿。

私、あんたの彼女、抱いたよ。

背中に向かって、もしささやけば、驚いた瞳《ひとみ》の彼がふり返るだろう。私の言葉の意味を、瞬時に理解する？　それとも？　微に入り細に入り説明すれば、どうせいつかは飲み込むだろう。そのときどうか、傷ついてほしい。傷で私とつながってほしい。困惑するなんて大人の対応は要らない。腹を立て、幼稚な嫉妬《しっと》にかられて、私につかみかかってくれないか。

苦しみ。手に入らない苦しみ。手に入ればまた別の苦しみが始まると分かっているが、餓《う》えている今、どうやって求めるのをやめればいいのか。けど、手に入っていないときの不安を楽しむなんて、私にはできない。

伝わる、共振する、増幅してゆく、親しみに似た好意。満たされなくても、分かり合えなくても、どこか癒《い》やされる、心が救われる。毎日、切実に生きてる。みんなそう。みんなそういう事実に心を慰める作用が少しでもあれば、ここまで孤独にはならないのに。

助けて。とても小さな声でつぶやく。自分にしか聞こえない、ささやかな、きれぎれの叫びを、何度も何度も、つぶやく。

助けて、私を見て、手を差しのべて。

私を拾ってください。

彼とまた会う機会ができれば、私はきっと、文字通り飛んでいく。心と同じスピードで走れたら、どんなに気持ち良いだろう。

どうしようもなく美雪を抱きたい。異常だと分かっているが、ざっくり割れた心の傷が痛くて、とてもじっとしていられない。人の肌の温かさが恋しい、ぎゅっと抱きしめてもらいたい。彼女のしなやかな身体に、このやりきれなさとさびしさをぶつけたい。

学校から帰り思い立ち、今から行くと連絡して自転車を立ち漕《こ》ぎして美雪の家まで行った。家にはだれもいなくてドアのまえに立ちつくしていたら、帰ってきた美雪が困惑した顔で走り寄り、なにも言わずに玄関のドアを開けて私を中へ押し込んだ。私たちは美雪の家族の人が帰ってくるのも恐れずに、靴を履いたまま玄関のたたきの上で抱き合ってずっと離れない。

美雪は私がなにを感じているのかまったく分からないだろうに、私の表情を見た瞬間から自分も沈痛な面持ちになり、手だけはずっと動かして私の背中をやさしく撫でていた。

理由なんか、どうでもいい。私たちはいつもときどき、ひどくつらい。

二人して二階へ駆け上がると、またベッドの上で裸になった。もう美雪の裸はこわくない。すべらかな、私を受け入れてくれる地平。平たいお腹《なか》は新しく大地に積み上がった生命の地層。くすぐるようになめたり、円いお尻《しり》のカーブに手を当ててじんわり暖めたりしていると、美雪の上げる赤ちゃんみたいな笑い声が愛《いと》しくて、その笑いをすべて飲み込むように深いキスをする。美雪の身体はのびのびしていて、私の身体より断然柔軟に動く。

今度は彼女も私に触り、でもどんな風に触れられても鳥肌が立って、私は邪険に彼女の手をふり払うと、目の前にあった彼女の乳首を吸った。彼女は甘い声を上げたが、私は何一つあおられることはなくて、記憶にない母親の授乳を再体験している気分になる。ああ柔らかい、ちょっと力を込めて吸いすぎると傷つけてしまいそうなやわいピンク色。歯の生えた人間が口に含んでいいものなんだろうか、これは。

私たち、まるで目なんか見えないみたいに、肌のぬくもりだけ追い求めている。短い時間ではあるけど、私たちが築いてきた友情の形が、瞬《また》く間に溶け失《う》せてしまうくらい本能で求め合い、後戻りできる道を二人して粉々にぶっ潰《つぶ》した。

「愛ちゃん、愛ちゃん、好き」

「私のどこが好き？」

「刺してくる瞳が好き」

「刺す？　射るじゃなくて？」

「刺す。目をぎゅっと細めるときに」

「コンプレックスなんだけどな、一重の細い目」

「愛ちゃんは、笑うと、並びの良い歯が、ずらりと奥の方まで見える」

「口が大きいからね」

「噛《か》まれたら、どんな感じがするのかな」

私は彼女の二の腕を噛んだ。美雪は吐息をもらした。彼女の産毛は金色で短く、舌触りが良い。日向《ひなた》の味がする。たとえはこの身体に触れさえしていないのだから、この味を知らない。いずれ抱いたとしても、いま私が五感すべてで味わい尽くしている彼女のささやかで繊細な味には気づかないだろう。

美雪の身体は、まだ焼いていないクッキーの生地でできている。甘くて冷たくてやわらかくて、手でこねればいくらでも形を変えられる。おいしいのに、なめすぎると胸やけがする。樹木のように硬く、太い骨をしっかり感じられる男の子の身体がやけに恋しい。私はだれも、抱きたくなんかない。

また二人で達したあと、だるさと同時にたとえの記憶が甦《よみがえ》ってきた。いっしょに写真を撮った。同じクラスの生徒として、卒業アルバムに収まるために。彼とは本当に、このまま終わってしまうのだろうか。こんなに想《おも》っているのに。美雪は隣で枕《まくら》を抱き、うつぶせになって、幸せそうな表情で目を閉じていて、しばらく忘れていた憎しみが襲う。なぜ私は彼女と寝ているんだろう。

「美雪、台所使わせてもらっていいかな。水飲んでくる」

私が制服のブラウスを羽織ろうとすると、美雪はすぐに起き上がった。

「いいの、私が汲《く》んでくる。愛ちゃんはここでゆっくりしてて。ついでになにか食べる？」

「ありがとう。食べる」

彼女は薄い灰色の部屋着を着ると軽い足取りで下まで降りていった。私はベッドの傍らのテーブルに手を伸ばし、美雪の携帯を取る。メールフォルダを開き、たとえの名前を見つけると、新規作成の画面を開いた。

〝たとえ君、今、何してる？　つらいことがあって。話、聞いてほしいな。〟

返事はすぐに返ってきた。

〝いいよ。電話しようか〟

〝ううん、電話じゃなくて、会いたい。いまから学校に来れる？〟

〝行くよ。一時間後でもいい？　心配だな。美雪、だいじょうぶか？〟

〝大丈夫。じゃあ、たとえ君のクラスの教室で待ってる。〟

やり取りしたメールを、送信も受信もすべて消すと、即座に立ち上がって制服を身に着け、美雪の部屋を飛び出した。階段を走るように降り、玄関で靴を履いていると、台所から美雪が出てきた。

「愛ちゃん、どうしたの？　もう帰っちゃうの？」

「うん、急用ができて。ごめんね、バイバイ」

家を出ると、私は自転車に乗って学校へ向かった。手紙を盗ったときと同じ快感がつき上げてきて、どこまででも走っていけそうだ。

窓の外の運動場からは野球部が張り上げている声が聞こえるし、音楽室からは合唱コンクールに向けてピアノ奏者が練習でもしているのか、同じメロディーが何度もくり返し聞こえてくる。夕刻七時近く、三年三組の教室にはだれもいなかったが、校舎内にも校舎外にもまだ生徒の気配はあった。

私はまず紺の幅の広いプリーツの制服のスカートのホックを外して、ファスナーを降ろした。スカートはすとんと足元に落ちた。半袖《はんそで》の白いブラウスも脱ぎ、中に来ていたタンクトップも水色のブラジャーも外した。憧《あこが》れるのは黒のブラジャー。体験で行ったヨガ教室の女性ロッカー室で、黒い下着の上下をつけた年上の女の人が、デニムを穿《は》き、カットソーとセーターを着込み、すっかり黒い下着の気配を隠してロッカー室から出て行く姿がかっこ良かったから。

ブラジャーとはちぐはぐなクリーム色のショーツを脱いだら、細い糸が引きすぐに途切れた。興奮しているのではなく、ただそういう時期だった。足元に出来上がった衣服の山を踏み越え、自分の席に寄り豆千代紙を取り出すと、たとえの席まで歩き、お尻を乗っけて彼の机の上へ座った。空中で、目の前で、鶴《つる》を折る。燃えるような赤の絢爛豪華《けんらんごうか》な、着物の生地のような模様の千代紙が小さな三角へ、もっと小さな三角へ、そして四角へ。

階段を上る足音はひたひたと教室へ近づいてきて、ドアを開け半歩進んだところで止まった。私を見つめたまま固まって、教室に入ってこない彼を、裸の身体全体で感じる。

鶴の羽根を引っ張り真ん中の四角い胴体を膨らませたあと、彼を見た。せっかく私が裸でいるのに、彼は欲情のかけらもない怯えきった瞳で立ちつくし、私と彼の机を交互に見ている。

「こんばんは。こっち入ってきなよ、たとえ」

「木村さん？　なにしてるの、そんな格好で」

かすれた彼の声は、早くもこの面倒な事態が仕組まれたことだと気づき始めている。その証拠に、教室に入らない。まるで結界が張られているかのように。

「来てよ。聞こえないの」

とまどいながら彼が近づいてくる。私は人の隙《すき》を突き、命令するのに長《た》けている。そんな特技、一過性のものでしかないけれど。

「こんな時間に、なんで教室に来たの？」

「人に会いに……」

「美雪でしょ。来ないよ。あのメール書いたの私だもん」

てっきり怒りだすかと思ったら、彼は私から視線を外し、弱々しい声でつぶやいた。

「そうか、分かったよ。とりあえず、服を着たら？」

「どうして。せっかく脱いだのに」

「大騒ぎになる。そもそも、なんで脱ぐ必要がある？」

「脱いだ方が自然な気がしたから。じっさい、着ているときよりもよっぽど風通しが良くなった。腕の内側も、腰の周りも、すうすうして気持ちが良い。私、たとえと会うときは、こういう姿でいたいの」

「迷惑だよ」

「分かってるよ」

「おれの席から降りてくれ」

「いや。ここが一番気に入ったから」

私は彼へと身を乗り出した。揺れた乳房が自分の右腕の内側に触れた。

「私、美雪と寝た。しかも二度も。たとえ君のことを好きな気持ちが、あの子に向かった。私、好きでもないのに美雪と寝たの。美雪はよろこんでた。たとえ君の理想通りに、美雪はすべてを受け止めてくれるくらい優しいかもしれないけど、だれにでも優しいから、簡単に身体《からだ》を開くんだよ」

たとえを見ると彼の顔からは表情が消えていた。頭の回路を切ってしまったかのような、不自然な静寂だけが彼を包んでいた。あまりに反応がないから、私は彼がこのまま帰ってしまうのではないかと不安になった。

「ねえ、聞こえた？」

「聞こえたよ」

「あんたの恋人の美雪だよ？」

「分かってる。じゃあおれ、もう帰るから」

彼が本当に踵《きびす》を返したので私は思わず机から降りた。

「嘘《うそ》だと思ってるんでしょう、でも事実だから」

「うん、分かってる。きっと事実だろう。でもとにかく、帰るから」

「どうして？」

彼が行ってしまう。彼の背中を見る切なさにはもう耐えきれない。机の合間を縫い、教壇の前を走って、彼の背中に抱きついた。彼は逃げず、私は初めて直に触れた彼の肌ざわりに、彼の存在感に安心した。ぬくもりに距離はない。彼の身体も私の身体も体温が混ざり合って同じくらい暖かい。大好きだ、大好きだ。こんな気持ち、恋とも愛とも呼んではいけない。彼を刺し貫く想いの矢だ。

「はなして」

落ち着いた、しかし か細いたとえのささやきに、私は彼のシャツに額をつけたまま首をふり、さらに彼を強くかき抱いた。右手に持ったままだった鶴は私の手のひらと彼の胸に押しつぶされたあと、彼の足元へ落ちた。ふり払われたら崩れてしまうほど私の脚はふるえていて、でもたとえも足がすくんでいるのか身動きせず、私たちはお互いを支え合うようにして突っ立っていた。

「私を好きになってほしい。私のものになってほしい。おかしいって分かってるけど、もうどうしても止まらない」

「聞いてないよ、そんなこと」

「お願い。私のものになるまで、帰さない」

身体じゅうふるえて手にはもう力もこもらなくて、すがりついている状態なのに、怯えて甲高くなる声はますます高飛車に響いた。

「どうしたら、はなしてくれる？」

「私のものになってくれたら」

彼は私の腕のなかでゆっくりと振り向き、優しいと言ってもいいほどの表情で私を眺め下ろした。彼の心が急にぐにゃりと歪《ゆが》んでしまったのを感じながらも、私は彼の不吉なほど穏やかな声が、眼差《まなざ》しがうれしかった。

「どうやったら、君のものになれる？」

「抱きしめて、キスしてほしい」

彼の手が私の裸の肩に回り、引き寄せられた。激しさのない、機械的な、あいさつのような抱擁。でも彼の温かさであることには変わりない。呼吸に合わせてわずかにふくらんだりしぼんだりをくり返す彼の身体を、素肌全部で味わった。

彼の唇が、私の唇に触れた。つかず離れずくらいの距離で合わさったにもかかわらず、信じられないほど熱い。じんとする、体中の血が乾く鈍い衝撃、くずれ落ちそうに重だるい身体。抱擁と同様ただ重ね合わされているだけの彼の唇がずっしりした重りになり、刑罰になる。

「うれしい？」

「うれしい」

下ろす。

「じゃあ態度で見せろ」

私はおずおずと笑顔を作り、彼を見上げた。彼は穏やかな表情を崩さずにそれを見

「それが木村の本当の笑顔か。まずしい笑顔だな。いつも君が完璧《かんぺき》に作っている笑顔とはくらべものにならないくらい、まずしくてわびしい。瞳がぼんやりすすけて、薄暗い。自分しか好きじゃない、なんでも自分の思い通りにしたいだけの人の笑顔だ。一度くらい、他人に向かって、おれに向かって、微笑みかけてみろよ」

はじめて彼の本当の言葉を聞いた。たとえが奥底に隠し持っている、冷えびえとした重苦しい声。

彼の私を抱く手に力がこもった。バランスを崩し倒れこんだ私の身体を力まかせに締めつけた。想像以上の力の強さに私はもがく。学ランの袖のボタンがむき出しの背骨に擦れて痛い。

「おれは、おまえみたいな奴《やつ》が大嫌いなんだよ。なんでも自分の思う通りにやってきて、自分の欲望のためなら、他人の気持ちなんか、一切無視する奴。おれが、気づいてないとでも思ったか？　おまえがゲームみたいにおれに目をつけて、奪いたがってたこと。吐き気がするんだよ」

はじめて見た彼の怒りは、どうしても拭《ぬぐ》えない汚れにまみれていて、私に怒りながらも暗く据わった瞳は別の何かを見つめていた。深い怒りは私を通して、別の場所からもあふれ出ている。

「いいか、おれはずっと昔からおまえみたいな人間に勝手に見つけられ、思いきり苦しめられてきたんだ。おれには、身勝手で思い込みの激しい人間を引き寄せる何かがあるみたいだ。おまえらはおれからおれを横取りしようとする」

声にならず、私はうなずく。分かってるよ、だから近づいた。私の勘は当たっていた。あなたは私みたいな人間に、虐《しいた》げられ愛されるために生まれてきた人だ。彼自身の、傷ついた生身の言葉だけが私の身体の芯《しん》まで届く。強く罰してほしかった。完全に息の根を止めて、とどめを刺してほしかった。爆発しそうな強い想いが内側にとどめきれなくて、密度の高い涙が頰を伝うけど、たとえはこの涙を見たところで、こいつは自分のために泣いている、と思うだろう。

しかし彼の言葉は途切れ、気がつけば私をつかむ彼の手はぶるぶるとふるえていて、顔には眉間《みけん》に深いしわと濃い疲労の色が浮かんでいた。

「美雪に近づくな。おれにも。どれだけがんばっても、木村さんの欲しいものは手に入らないよ」

彼が熱を失い、また距離が遠くなる。ふたはまたぴったりと閉じて、私はぎらついた瞳でとっかかりを探したが、見つからず、彼は私に有無を言わさず教室を去った。

窓のない私の部屋にも、夜の海の波が徐々に打ち寄せてくる。カーペットをなめる白い泡しぶき、初めはドアまで、徐々に足元まで。

三角座りのまま潮が満ちるまで待つのは、あまりにも怠惰な気がして、自分の足で部屋を出て波を踏み廊下を渡り、明かりのもれる別の部屋まで歩きたいけど、どうしても立ち上がれない。ただ寄せて返す波を見つめて、部屋に打ち寄せる波は不思議と無音だった。

草むらで裸になれば、空を流れる雲の影が私の身体に模様を作る。風に抱かれて目を閉じればどこまでも遠くへ、断崖《だんがい》の上のベッド、はためくシーツ、枕を抱いてうつぶせになれば、遥《はる》か頭上で小さく渦巻く風の鳴る音が聞こえる。私は一生のうち、どれくらいの数の人を好きになるのだろう。たとえを忘れて、また違う好きな人ができて、大人になった私とやらは〝あの頃は思いつめてた。でもいまはすっかり吹っ切れて元気〟なんて言って笑うのか。

だとすれば、そのときの私はゼロだ。ゼロだけど、なんとか生き続けるために、千の言い訳を並べているだけ。でも、と私はこわくなり枕をかき抱く。そのときが来れば、まさか自分が言い訳を言っているだなんて、きっとまったく気づかない。むしろ、私は乗り越えた、と誇らしげに新しい生活を送るに違いない。
だから私が気付いているのは、ちゃんと覚醒《かくせい》をしているのは、今しかない。今しかこの恋の真の価値は分からない。人は忘れる生き物だと、だからこそ生きていられると知っていても、身体じゅうに刻みこみたい。一生に一度の恋をして、そして失った時点で自分の稼働《かどう》を終わりにしてしまいたい。二度と、他の人を、同じように愛したくなんかない。

サロメ　なんて痩《や》せてゐるのだらう！　ほつそりした象牙《ぞうげ》の人形みたい。まるで銀の像のやう。きつと純潔なのだよ、月のやうに。その銀の光の矢さながら。あの男の肉は、きつと冷たいにちがひない、象牙のやうに……あたしはあの男をもつと近くで見たい。
若きシリア人　いえ、なりませぬ、王女さま！
サロメ　あたしはあの男をもつと近くで見なければならない。

ワイルドの戯曲『サロメ』の薄く朱《あか》い文庫本は、高校の図書室の本棚の隅で表紙の色を茶色く変質させながら、ひっそりと息づいている。裏表紙に貼《は》られた貸出しの判子の日付は、最新でももう三年前だ。私も借りない。でも時々ふらりと図書室に入っては、この本を開き、古く細かい字体を追う。

サロメは美しい踊りを王に披露し、褒美《ほうび》に何が欲しいと訊《き》かれて、預言者ヨカナーンの首と答える。彼女はヨカナーンを愛しつつも、激しく憎んでいる。なぜなら彼は、彼女をけがらわしい者と決めつけ、顔さえ見ようとしないから。しかし実際に、彼の首が銀の盾に乗せられて差し出されたとき、彼女は愕然《がくぜん》とする。

サロメ　あゝ！　お前はその口に口づけさせてくれなかつたね、ヨカナーン。さあ！　今こそ、その口づけを。この歯で嚙んでやる、熟れた木の実を嚙むやうに。さうするとも、あたしはお前の口に口づけするよ、ヨカナーン。あたしはお前にさう言つたね？　あたしはお前にさう言つた。さあ！　今こそ、その口づけを……でも、どうしてあたしを見ないのだい、ヨカナーン？　お前の眼は、さつきはあんなにも恐しく、怒りと蔑《さげす》みにみちてゐたのに、今はじつと閉ぢてゐる。どうして閉ぢてゐるのだい？　その眼をおあけ！　目蓋《まぶた》を開いておくれ、ヨカナーン。

ヨカナーンの唇を無理やりこじ開けたとしても、もちろんサロメの求めている温かみは、ひとかけらもない。当たり前のことなのに、なぜすべて奪うまで気づけない。欲しがる気持ちにばかり、支配されて。絶対にあきらめきれない想いなんか、あきらめてしまえ。

美雪から再び会いたいとメールが入った。よっぽど無視してしまおうかと思ったが文面の最後には、「たとえ君のことで伝えたいことがある」とあり、ついに来たかと観念する気持ちがわき起こり、承諾のメールを返した。とはいえ、たとえにまつわるどんな話が待っているのか想像もつかない。とうとう美雪が彼に私とのことを告白したのか。もしくは、たとえが私に告白されたことを美雪にもらしたのか。いずれにしろ、私にとっていい話であるはずはなかった。美雪に罵倒《ばとう》されるならされるでかまわなかった。偽りから始まった関係だから、必ずいつかはひどい形で破綻《はたん》するだろう。

でもちゃんと最後まで見届けたい。どれだけ醜い終わりを迎えても、美雪と交わした吐息は嘘ではなかったから。

緊張して向かった美雪の家で聞いた話は、意外なものだった。

「たとえ君が大学に受かったの」

ひさしぶりに話す美雪は、以前より明らかに痩せて、微笑《ほほえ》みは力弱く、首の筋が浮いて目立った。

「大学？」

力が抜ける。受験シーズンなのだから当たり前の話題だが、もっとひどい告白を覚悟していた私にとっては、あまりに平和な言葉に聞こえた。

「そう、第一志望の大学。本当に難関大で、合格者はうちの高校始まって以来だって。クラスで噂《うわさ》になったりしなかった？」

「ううん、まったく」

たとえは普段通りに登校し、合格すれば翌日にはみんなに触れまわる生徒たちばかりのなかで、受験を終えたことさえ周りに伝えなかった。そういえば、何日か学校を休んでいた日があった。最近はあまりに欠席者が多いから目立たなかったが、あのときに彼は受験をしに行ったのだろう。

「その大学があるのが、東京なの。それで私、彼について東京へ行こうと思う」

美雪のこわばった顔に一瞬わけが分からなくなったが、よく考えれば謎《なぞ》が解けた。そうだ、彼女はたとえ宛《あ》ての手紙を私が盗み読みして、二人が卒業したら東京に行こうと計画していることを、知っていると知らない。

「そうなんだ、東京……」

しらじらしく私は彼女の言葉を口のなかで反芻《はんすう》した。

「うん。ずっと約束していたの。たとえ君が大学に合格したら、ついていくって」

「結婚、する気でいるの」

「うん。たとえ君もその気なら」

あまりにさらりと美雪が言うから、私はいらだった。

「そんなに簡単に信じてついていったら、あとで痛い目見るかもよ。だって私たちにはまだまだ未来がありすぎる。おたがいどんな心変わりがあるか分からないじゃない。もしかしたら西村くんは大学で良い子を見つけるかもしれない。そしたら美雪は捨てられる」

「彼に新しい子が見つかれば、それはそれでいいの」

「きれいごと」

思わず鼻で笑うけど、美雪は微笑むだけで言い返さない。彼女はさっきの言葉を間違いなく本心で言った。しかしその言葉や微笑みが、自信や余裕、つつましさから来るものではないことが、私をもどかしくさせた。なにかを頑張るときに私のエネルギーの源になる〝自分を認めてもらいたい〟欲望が、彼女には欠けている。それを失《な》くせば私は無気力になり生きていけないから、必死で守っているのに、彼女はあらかじめそれを手離し、穏やかに朽ち果てるしかないとしても、無抵抗で流れに身を任せる。他人を思う十分の一ほども自分を大切にしない。しかし傷つくときはしっかりと傷つく。私から見ればただの馬鹿《ばか》だ。私はその馬鹿さにときどき泣かされそうになる。

　まあいい。彼女がたとえについていったら、彼女とは二度と会うこともないだろう。たとえと私の関係も、どうせ破綻している。だから私が美雪をもどかしがる必要なんて、一つも無い。今度こそこの恋をちゃんと諦《あきら》めて、元の生活に戻ろう。成績は落ちすぎて推薦は絶望的、一般入試を受けてもかなりランクの低い大学しか受からないだろうから、人生を棒にふらないためにも浪人して勉強し直すしかない。くやしい時間のロスだけど、今逃げだすわけにはいかない。今の私は過去の私の無駄足の代償を支払うべく、わき目もふらず真っすぐに、いつもより早いスピードで歩かなくてはいけない。

私は顔を上げると、急に黙りこくった私を気遣うように別の話を始めていた美雪に、笑顔を見せた。

「結婚、おめでとう。結婚なんて、私にはまだすごく遠い単語だけど、五年も付き合ってたなら、そういう話も出てくるのかな。遠くに行っちゃうんだね、美雪。さびしいな。でも二人の夢が叶《かな》うなら、良いことだよね。話してくれてありがとう。私そろそろ帰るね」

「待って。私と愛ちゃんのことについて、話し合いましょう」

私の手を握った美雪の手は冷たかった。

「あのことは、忘れて」

私の言葉に美雪がせつなげに顔をゆがめる。

「忘れられない」

美雪の目にみるみる涙がたまり、今まで見たことのない、くやしげな表情になった。

「忘れられない。私は愛ちゃんと友達でいたかったから、あのできごとはあってはいけないことだったけど、でも大切な思い出であることにも変わりないの。あと、たとえ君に黙っていることは、これ以上できない」

「なに言ってるの」

ぎょっとしている私の手を、美雪は強く握り直した。

「私、愛ちゃんとのことをたとえ君に打ち明けたいの。愛ちゃんもいっしょに、来てくれない？」

予想もしなかった美雪の提案に息をするのを忘れるくらい動揺した。

「冗談でしょ。いまさら言わなくていいんじゃない？　遊びみたいなものだったんだし」

「遊びじゃないでしょう。私たちは真剣だったし、あの瞬間、確かに身体だけじゃなく心もつながっていた」

美雪はまっすぐな瞳で私を見返してきたけど、私は彼女を見つめ返せなくて、視線をうろうろさせた。美雪は私の恋の告白を信じている。信じきっている。

「美雪、私も言わなくちゃいけないことがある」

「なに？」

「私、」もう言う、と決めていたが、言う前からすでに漂う絶望の予兆に勇気が殺《そ》がれた。でも言う以外は考えられなかった。

「私、たとえのことが好きだったの」

美雪は訳がわからないという顔で私の手を握ったままでいる。

「たとえを好きになって、彼の机に入ってた美雪からの手紙を読んで、二人が付き合っていることを知ったの。それで、彼に近づくために美雪と友達になって。夏休み中にたとえに告白したけどふられて、くやしい気持ちでいっぱいになっていたから、幸せそうな美雪を妬《ねた》んで、たとえを傷つけるために、寝た。彼からは私が告白した話なんて、聞いてないよね」

私の手を離すと美雪は、信じられないという顔で首を横へ振った。

「だからあんなことがあったのは、遊びだよ。美雪は私にはめられた被害者なんだから、たとえにわざわざ言う必要はないよ。知ればたとえも傷つくし、二人の仲がこわれるかもしれないし。全部私のせい。本当にごめんなさい」

私が勢いよく頭を下げると、美雪は無言で私を見下ろした。

「謝ったからって許されるものでもないよね。あと少しの学校生活、私はあなたたちに決して近づかないようにするから、それで勘弁して。東京行ってもがんばってね。病気は高校一年生のときの美雪のように、自然に受け入れて、負い目に思わないで。だって病気を含めていまの美雪なんだから。手紙読んで感動した。盗み読みだったけど。東京では、絶対友達できると思う」

「愛ちゃん、こわい」

「こわがられて当然だよね。それだけのことをしたから」

「違う、そうじゃなくて、今言ったこと、全部嘘でしょう」

「なにを言ってるの？　私は本当に心から悪いと思ってるよ」

「ううん、まったく反省してない。私はもうだまされない」

「美雪、おかしなこと言わないで。どうして私が、反省していないと分かるの？」

「瞳が暗いままだから」

　美雪の言葉に、耳を疑う。たとえにもこの前同じようなことを言われたばかりだ。まずしい笑顔だな。瞳がぼんやりすすけて、薄暗い。自分ばかり見つめているからだ……。

「愛ちゃんは表面の薄皮と内面の肉が、細い糸でさえつながっていない。完全に分離してる。だからなにを言っても私には響かないし、届かない」

「なに言ってるの、届いてるよ。私たち、心も身体もつながったじゃない。いまだって、美雪の言葉は痛いくらいざっくりと、私に刺さってる」

　美雪はもう聞きたくないという風に耳を強くふさいだ。私も必死にしゃべりながらも、自分の言葉の嘘っぽさに愕然としていた。本気で話しても思いを伝えられない。私はいつからこんな風になってしまったんだろう。

「出て行って」

美雪はいままで見せたことのない厳しく警戒した表情できっぱりと言った。私は何も言わずに深く頭を下げると美雪の部屋を出て階段を下りた。一階で美雪の母親に見つかり、もう帰るの、おやつ持っていこうと思ったのにとひきとめられたのを、会釈《えしゃく》して断った。

外へ出て後ろ手でドアを閉めると、嗚咽《おえつ》はないのに涙だけがあふれて、外気にさらされてたちまち冷たくなる。この涙を見せれば、本当の気持ちだと信じてもらえたか。それとも私はすでに、涙さえ嘘っぽいのだろうか。美雪を悲しませたのが悲しい。私にむかってあんなにも開かれていた、信頼を寄せていた心が、閉じてしまったのが、悲しい。


ボートから落とした手鏡のコンパクトが、湖の底へゆっくりと沈んでゆく。鎖をきらめかせ、小さなあぶくを吐きだしながら、底に近づくにつれ薄暗くなる水中を、落ちてゆく。音もなく底にぶつかると、白い砂が舞い上がり、その拍子に銀色の蓋の留め金が開く。内側の鏡が水中に差す陽を一瞬とらえて反射し、なにかの合図みたいにきらりと光ったあと、横向きになり、砂にうもれる。舞い上がった砂も沈み、水は澄み、しずかで、永遠にそのまま。

心を引《ひ》っ掻《か》くのは、たとえと美雪の哀《かな》しそうな顔、彼らが私にぶつけた言葉。彼らは私に、彼らの痛みなんか分かるわけがないと思っている。実際にそうなら、どんなに良かっただろう。なにをしゃべっても嘘っぽく見えるほど、心と乖離《かいり》してしまったこの顔と同様に、精神を蝕《むしば》むこの後悔が偽物《にせもの》だったらどんなに楽だっただろう。罪を犯しても悔い改めさえすれば全《すべ》て許されると、神は聖書のなかで言った。でもすべてを破壊しつくしたあとで、懺悔《ざんげ》して悔い改めたところで、一度割れた人の心は元には戻らない。罪は罪のまま、罰せられもせずに、永遠に記憶の中に横たわり続ける。

二月に入り私立の受験が始まると教室は空席が目立ち、生徒はまばら、授業も形だけになった。授業が終わると早々と誰もいなくなる。でも私は病院の待合室ぐらいの活気しかない今の教室の方が、居心地が良かった。暖房のぼやけた暖かさのなかで、干し草の敷かれた段ボール箱でうずくまる病気のウサギのように身をちぢませて、さっぱり分からなくなった授業を聞いていると、もうすぐ高校生活が終わるというより、もうすでに終えてしまった気がした。制服も一応毎日着ていくけれど、もう身体には合ってない。私は成虫になりしわしわの薄茶色の殻を破って、中から這《は》い出てきたが、羽根は生えていなかったから、殻の横に座りこみ、ただぼうっとしている。いまさらまさか、幼虫に戻り土にもぐりこめるわけもなく。

一限の終わりごろ、たとえが来た。授業を邪魔しないように後ろのドアから入ってきた彼が、いつも通りの彼の席に収まったとき、教室が音を取り戻した。だれかが筆箱の中をいじる音、ノートをめくる音、先生の声と黒板を指で叩《たた》く音、あくびをかみ殺すため息。たとえが机の側面にかけたリュックからいつもの仕草で筆記用具や教科書を取り出すのを見ていると、時間が巻き戻り、高校生活は終わらず、少し退屈だけどこのままずっと続いてゆくと信じられる。毎朝、ちっとも眠そうじゃなく洗いざらしたさっぱりした顔で登校してくる彼が好きだった。いるのにいないみたいな、漠然とした存在感が好きだった。ホームルームのとき、早く帰りたそうに机の上に置いたリュックサックの上で手を組む彼が好きだった。私だけが分かる、と私が信じている、彼が内に秘める絶対的な支配力の強さが好きだった。どうして私はあの幸せだけで満足しなかったのだろう。

授業が終わるとたとえは立ち上がり、美雪の手紙の束が入ったあの茶色い大きな封筒をリュックに詰め始めた。封筒を三つともすべて取り出して押し込む手つきのぞんざいさに、血の気が引いた。まさか、捨てるつもりだろうか。

「持って帰らなくていいよ、もう読まないから」

教室を出て行こうとする彼が近くを通ったとき、思わず声をかけ、言ってすぐに後悔した。彼は何も聞こえなかったかのように立ち止まらず顔色さえ変えずに、そのままのスピードで私の前を通り過ぎると、ドアから出て行った。彼の世界から私は消え去った。彼がいないと決めてしまえば、もちろん私はもういない。

三限が過ぎ、四限が過ぎ、教室がお弁当の匂《にお》いに満ちるころ、クラスの誰かが私の席にきて話しかけてきたが、何を言ってるのか分からなかった。私が彼のよく動く口と、鼻と頰の間にある小さなにきびばかり見つめていたら、次第に彼は不機嫌になり、拳《こぶし》で机を一度叩いたあと、どこかへ行ってしまった。

教室の後ろでわっと歓声が上がり、振り向いて見ると、何人かの女子たちがそのなかの一人を抱きしめたり、笑顔でおめでとうを言ったりしていた。祝福されていた女は私の視線に気づくと、華やぐのをやめ、うすい眉毛《まゆげ》をしかめて私をにらみ、友人たちの背を押しながら教室を出て行った。

五限が過ぎホームルームが終わると、先生が私を教室から連れ出そうとした。先生の後ろについて教室を出て行こうとしたら、教室のロッカーの上に置きっぱなしになっているキーホルダーに目が止まった。それは半年ほど置いたままになっている、小刀や栓抜き、鋏《はさみ》などが内蔵された小さな多機能キーホルダーで、多分男子の持ち物だったはずだ。誰かが落ちているのを拾い、目立つ場所に置いたが、持ち主が現れないのだろう。手を伸ばしてキーホルダーを摑《つか》むと、ごく自然に制服のスカートのポケットへ入れた。キーホルダーが重みでポケットの底まで落ち、金属の冷たさが布越しに太ももへ伝わると、自分のものじゃないのに、ようやく見つけたと心が落ち着いた。

職員室では応接スペースに座らされて、真向かいの先生がテーブルに置いた紙を指差しながら、しきりに何かを訴えかけてくるが、何を言ってるのか分からなかった。紙はどうやら私の資料らしく、自分の名前を見つけたけれど、他はどうしても読む気になれず、そのうち先生が二人に増えて、彼らは紙を指差しながら大声で言うけど、やっぱり私は何を言われているか分からなかった。二人の人差し指の爪《つめ》の形が意外なほど似ていることばかりに注目していた。

職員室を出ると運動場まで歩いた。鉄棒のあるくすの木の下でしばらく自分の手を見ながら、考えるともなく考えていたが、指に指紋がある意味が分からなくなってきて、特に親指の指紋のうずまきには吸いこまれそうで、ポケットからキーホルダーを取り出して小刀の刃を出して、親指の指紋の真ん中を小さく四角く切り取った。真っ赤な四角からは血があふれてきて親指を口に含むと、おぞけのくる鉄の味がした。がんがん響く痛みにやっと周りの音が聞こえ、運動場で試合しているソフトボール部の声援のかけ声が、耳のすぐそばで大きくなったり小さくなったりした。私はこの学校で一番くだらないことをしている人間だ。血のついた刃をしまい、キーホルダーは砂の上に捨てた。

帰り道、スーパーで買ったジュースの瓶を開けたら、泡が吹き出して止まらなくなり、白い泡は手を伝い制服をぬらしつつ地面へぼたぼたと落ちた。立ち止まり、瓶の口から次々盛り上がってはこぼれる泡をどうすることもできず腰を引いて眺めていたら、通りかかった自転車に二人乗りをした男子学生が、なにか卑猥《ひわい》な動作をしながら通り過ぎた。瞬間的に怒りが沸点に達し、男子学生めがけて瓶を投げつけたくなる。しかしたちまちやる気は失せて、腕は力なく垂れ、白い泡を地面にこぼしながらまた帰り道を歩き始めた。

いつ魔法がとけるかと怯えている。女の子でいることは魔法だし、人目を惹《ひ》く女の子でいることは、もっと魔法だから。目を閉じれば鎖骨の下で小さな心臓が鳴っているのを感じ取れる。私はいつまで今の自分の形を保っていられるのだろうか。ソーセージのように食いちぎられて、薄皮一枚のなかに収まっていた私の中身が、路上にぶちまけられる日がいつ来てもおかしくはない。

家に帰ると玄関マットの横に、母がポストから取ってきたばかりの郵便物が散らばっていて、チラシのなかに見覚えある白い封筒が混じっていた。宛名も住所もなく、直接ポストに放り込まれた手紙。でも私はそれが私宛てだと知っている。

愛ちゃん

こんにちは。

朝起きると、こんな季節なのになぜか、蚊が壁に止まっていて、手のひらで叩きつぶしましたが、蚊は私の血を一滴も吸っていませんでした。

夜に道を歩いていたら、なにかキラキラ光るものを見つけて、硬貨か、または誰かが落とした宝物かと、思わずしゃがんで手を伸ばしましたが、よく見るとそれは、街灯の明かりを反射した、煙草の包装のセロファンでした。

立ち上がる気がしなくて、しばらく夜道にしゃがんだまま、自分の膝を触っていました。

私はいやな人間です。

中学二年生のとき、家に帰ってきたら血糖値が下がっていなくて、お腹も減って疲れているけど、下げるためにお風呂に入りました。

すると母が浴室のドアを開けて、

「美雪、お風呂になんか入って血糖値は大丈夫？　夕飯の前なのに」

と言いました。

何気ない一言でしたが私はいらだちを押さえきれなくなり、浴室の窓を手で叩き、ガラスを割り、手が血だらけになりました。

母親は私を病院へ連れて行き、帰ってくると父が玄関で待っていて、絶対怒られると思ったけれど、父は一言も責めず、浴室の割れたガラスもすでに片づけてくれていました。


あのときぐらいから、私は自分のためじゃなく別の誰か、大切な誰かのために生きたいと思うようになりました。

たくさんの助けを家族からもらい続けるなかで、たどり着いた気持ち。

いままで、あまりにも自分のために生きてきた。

私は病気をわずらっていますが、だれよりも長く生きる気がしています。私にとって私の病気とは、生まれたときから刻まれている、手のひらの皺のようなもの。自分の限界を知っている哀しみを、生きる力に変えてゆく強さが、私にはありません。

およそ、忍耐力など持ち合わせていない人が、たとえ打算があったとしても、私の前でおそろしく辛抱強くふるまい続けるのであれば、私は愛さずにはいられません。

ほんのひとときでも、心を開いてくれたのであれば、私はその瞬間を忘れることはできません。

美雪

手紙を掴んで家を飛び出し、バスに乗って美雪の住む町までたどり着いた。呼び鈴を押すと、美雪は玄関で靴を履き、今まさに出かけようとしているところだった。

「美雪」

　ドアを開けた美雪は私の顔を見ると、目に涙をにじませて私の顔を引き寄せて一度キスした。私は彼女を強く抱きしめた。

「美雪、手紙ありがとう。あなたに嫌なことばかりしたのに、私宛ての手紙を書いてくれてありがとう」

「お礼なんていいの。私が書きたくて書いたんだから。それより、いま私、急いで行かなくちゃいけなくて。さっきたとえ君に電話したら、家がひどい状況になってるみたいなの」

「家？」

「たとえ君が上京するって決まってから、日に日に荒れていったんだけど、今日は特にひどいみたいで」

「何が」

「彼のお父さんが」

「お父さん？　どうして父親が家を荒らすの」

　美雪は暗い表情になって言いよどんだ。

「ねえ、私もついていっていい？　まったくどういう状況か分からないけど、大変なことになっているなら、私でもなにか力になれるかも」

美雪は一瞬迷ったが、

「分かった、じゃあついてきて。ありがとう。本当言うと、私もいままでたとえ君の家に行ったことがなくて、今日が初めてだから、一人で行くのが恐《こわ》かったの」

「うん。一緒に行こう」

「あっ、忘れてた。ちょっと待って」

美雪は玄関のたたきに立ったまま鞄《かばん》の中から注射器を取り出すと、穿《は》いているデニムの生地の上から、太ももへ勢いよく針を突き刺し、注入し終わるとさっと抜いた。

「行きましょう」


たとえの父親。美雪が道を走っていくのを後ろから追いかけながら、その単語に関する記憶を必死でほり起こす。ずいぶん昔だけれど、私はたとえの父親を、確かに見たことがある。いつ、どこで見たのか。どんな人だったか。あれは、あれは……そうだ、一年生の時だ。

授業参観の日だった。科目は美術で、参観に来ている保護者は、ほとんどが母親のなか、何人かだけ父親が混じっていた。そのうちの一人が、とても目を引く男の人だった。糊《のり》のきいた薄いブルーのボタンシャツを着て、少し日焼けした肌、目鼻立ちの濃い昔風の男前。一人だけ専用のライトが当たっているような彼は、気さくに他の保護者に話しかけて、母親たちは彼を囲み、楽しげにおしゃべりを始めた。

粘土で自分の手のオブジェを作る作業が始まり、保護者たちが各々の子どもの後ろに立ち、作業を見守ることになった。その父親がたとえのそばに寄っていったので私は驚いた。地味でいつも目立たないように過ごしているたとえと、自信にあふれた父親は、意外な組み合わせだった。

授業中、私は母とあれこれ話しながら、あらかじめ作っておいた針金で形作った手の骨組みに、粘土で肉付けした。授業の終盤にやっと、自分の手を作り終えた。ふっと顔を上げて他のテーブルを見ると、大半の生徒が着実に完成に近づいているなか、たとえの作品だけが、まだ手のひらしか粘土がついていなくて、指の部分の針金がむき出しだった。焦《あせ》っているのか、たとえは必死の形相で粘土を骨にかぶせていくが、父親がその都度、笑顔で彼になにか耳打ちし、その指示に従ってたとえがやり直していた。

父親はたとえが形作っていた粘土の手の指の部分におもむろに手を伸ばすと、肉付けが完成しようとしていた人差し指を力任せに摑み、ぶちぶちと引き抜いた。人差し指はまた骨だけになってしまった。たとえは顔色を変えずそれを見つめ、父親は薄笑いを浮かべて彼を見下ろしていたが、やがて何事もなかったように、話しかけてきた先生と談笑を始めた。たとえは黙って引きちぎられた粘土をテーブルの上にかき集めていた。

たとえを苦しめていたのが親だとするなら、いままでの疑問にも納得が行く。自宅に持って帰らずに、学校の机のなかに押し込まれていた手紙。用心深い彼が、クラスの人間に見つかったりしたら、必ず冷やかされるだろうあの手紙を、家に持って帰らなかった理由。きっと家には、学校よりも数段やっかいな敵がいるのだろう。彼の部屋や机を荒らしても、なんとも思わない敵が。

美雪との付き合いを周囲にひた隠しにしていたのも、大切な美雪を、粘土の手のように握りつぶされるのが恐かったのかもしれない。東京の大学に行きたくて、必死で勉強していたのも、家を出たかったせいだ。

そして、私が彼の名前の由来について話したときに見せた、うれしそうな顔。彼は本当に自分の名前の由来を知らないのかもしれない。

「西村」と表札の出た一軒家にたどりついた美雪が、呼び鈴を押した。しかし誰も出ず、なにか割れる音だけが戸の向こうからくぐもって聞こえてきた。家は、たとえのきちんとした外見からは想像もつかないほど、古ぼけて荒れていた。狭い庭は雑草がはびこり放題で、見える窓にはすべて内側から段ボールのような物が張られ、表札がなければ、荒れ果てた空き家だと思ったはずだ。美雪が黙って玄関の引き戸に手をかけると、鍵《かぎ》の閉まっていない戸は開いた。

「たとえ君」

美雪がしっかりした声で名前を呼ぶと、また廊下の奥で激しい物音が聞こえたあと、しばらくして、顔色の失《う》せたたとえがドアを開けて出てきた。教室とはまるで違う様子の彼は、玄関口に立つ私たちを見て驚愕《きょうがく》した。

「なんで、ここへ？　どうして？」

「ごめんなさい、いきなり来て、驚かせて」

美雪の声は震えを帯びていたが、トーンは穏やかで、たとえを落ち着かせるための優しい笑顔も同時に見せた。

さきほどまで怒鳴り声や物の割れる音が外まで響くほどうるさかったのに、いま、家はしんとしている。リビングに続くと思われる廊下の奥のドアは閉ざされているが、その向こうからこちらをうかがう人の影が、ドアのすりガラス越しに映っていた。

「落ち着いて。平気だから。いざとなれば、おれがなんとかするから」

たとえは私たちの視線の先を追いドアの方へ振り向いたあと、また顔の位置を戻して、私たちにささやきかけた。

「ありがとう。でも私たちは大丈夫よ、たとえ君」

美雪がたとえの腕に触れると、彼はびくりとして、ふるえだした。

「君にはここへ、来てほしくなかった。こんなの、見せたくなかった」

「いつまでも、隠す必要なんかないのよ。病気にかかってこそ、今の私がいるのと同じように、あなたも、全てを含めて、あなたなんだから。私はたとえ君のすべてが愛《いと》しいよ」

一緒にいる二人、見つめ合う二人を初めて目の前で見て、嫉妬《しっと》よりなにより、鋭い恥の意識が私を貫いた。なぜ、彼らを引き裂けると思ったのだろう。なぜ、自分が割り込めると思ったのだろう。二人は私を、無視しても拒否してもいない。でもそれが余計に、私と彼らとの間の見えない壁を感じさせる。二人の根底に流れるお互いへの共感、年月の積み重なりが築き上げてきた絆《きずな》を、私はやすやすと引きちぎろうとした。その罪深さを、まさかこんな場所で思い知らされるとは。

「私たち、長く付き合ってきたけど、いつもどこか距離があったね。でも距離を埋めようとせずに、お互いの悩みを持ち寄って慰めあうことで、見て見ないふりをしていたね。これからはお互い、心をひらきましょう。

ねえ、私、ずっとあなたに触れてほしかった。その気持ちを、私は愛ちゃんに教えてもらったの」

右手で顔の下半分をきつく押さえて覆《おお》ったまま、たとえの細かく震える瞳《ひとみ》が、美雪から私へ移動する。私は凍りつきそうな瞳で彼を見つめ返した。

「愛ちゃんも、たとえ君のこと心配しているよ。たとえ君のことを愛している。愛ちゃんにむかっても、ひらいてあげて」

廊下の奥のドアが開く音がして、笑みを浮かべたたとえの父親がひょいと顔を出した。

「こんにちは、いらっしゃい。よく来たね」

固まったまま動けない私たちに、彼は身軽な足取りで近づいてきた。荒れ果てた家でいたって普通の彼は異様で、しかし彼はそれに気づいてないふりをしていた。

「こんなところで立ち話は寒いでしょう。たとえ、だめじゃないか、お客さんを玄関先に立たせたままなんて」

笑顔でしゃべりながら、こちらをちらちらとうかがっている。蛇の目だ。

「どうぞ、上がってきなさいよ。ちょっと散らかっているけど」

父親は本当にちょっと散らかっているだけの家に客を迎え入れようとするように、笑みに恥じらいを混ぜて手招きをした。実際にはほこりまみれの床のすぐ足元に、茶色い染《し》みだらけのバスタオルが、乱暴に何かを拭《ふ》いた形のまま、ぐしゃぐしゃになって転がっている。

「いえ、私たちは」

美雪が近づいてきた父親から後ずさり、真っ青な顔で私の腕にしがみついた。

「そう言わずに、お茶でも飲んでって下さい」

言いながら彼はごく自然に、そっと丁寧な動作で、靴棚の上で倒れていた写真立てを立て直した。写真立てには家族の写真が入っていたが、表面のガラスが一面ひび割れて、誰が写っているのか、まったく判別がつかない。

喉《のど》が破けそうなほどの絶叫を上げて、たとえが写真立てを父親からもぎ取ると、彼に襲いかかった。美雪がとっさにたとえの胴に飛びついて止め、私も彼を押さえ、バランスを崩した私たちは玄関先の床へ三人とも倒れこんだ。たとえは床にうつぶせたまま、肩をふるわせて激しく泣き出し、美雪も彼にしがみついたまま顔を上げることもできず、彼の背中に伏したままふるえた。

襲いかかられた瞬間はさっと憤怒の表情を見せた父親だったが、私たちを見下ろすとうっすら笑ってつぶやいた。

「情けない。女二人に、押さえつけられて」

猛々《たけだけ》しい怒りの感情に支配され、久しぶりに、抑えのきかない無茶苦茶なパワーが腹の底からせり上がってくる。そう、私は恋をして自分のふがいなさを味わうまえは、怒りと自信に満ち溢《あふ》れた女の子だった。私はまだ失っていない。この向こうみずの狂気があれば、なにも恐くない。私はだれにも、負けたりしない。

「こっち向け、馬鹿！」

私はふり向いたたとえの父親の顔を、渾身《こんしん》の力を込めて殴りつけた。

玄関にうずくまった父親を放置して、私たちは行き先も決めないまま住宅街を走り、息が荒れてきたころ近くの公園に入った。霜が降るほど寒い、冷蔵庫のなかのような寒さの公園のベンチに三人で並んで座った。しばらくすると、たとえがとつとつと、しかし今まで押しとどめていた感情をあふれ出させて、心の奥に閉じ込めていた家庭内の問題について話し始めた。そんな彼を見たのは初めてで、集中して聞きたかったけど、でも私はまだすべての毛穴が目になって皮膚じゅうで見開きそうなほどの極度の興奮が、体内を駆けめぐっていて、それを押さえるのに必死だった。彼の父親を殴ったときの感触が、まだ指に残っている。柔らかい頬と、その奥にぐにゃりと硬い歯。

上がっていた息がおさまり、いくらか落ち着いて彼の家庭内の話に耳を傾けられるようになっても、同じくらい悲惨な話を毎日ニュースで聞いている気がして、あまり驚けなかった。美雪が涙のたまった目で深くうなずく度に、私の頭はぼんやりしてきて、人間的な同情から離れていった。興奮しているのに神経質な状態から抜け出せず、頭のなかで二匹の犬がけんかし始めて、その吠《ほ》え声がうるさい。彼の話す声が遠のいてゆく。

私に理解できるのはいつも人の顔色ばかりうかがう彼が、絶望した瞳で、私と美雪の反応を気にしないいくらい自らの過去に没入して話すさまが愛しいことと、彼を苦しめる存在は消したいということだけだ。

父親など殺してやる。たとえが悩んでいるなら救うまでだ。私なら簡単に、一刺しで解決できる。でもそんなことをしても、彼は喜ばず、むしろひどく落ち込むだろう。考えすぎはいけないと私が言っても、そんな言葉など到底届かない深く暗い所へ一人で行ってしまうに違いない。私は彼の喜ぶことなど、何一つできやしない。

一生懸命彼の話に耳を傾ける美雪と、それにたまらなく勇気づけられて、さらに言葉を重ねる彼との間にまた壁を感じて、叫びだしたくなり、走って逃げたくなり、でもこらえて最後まで居続けた。度重なる衝撃で心底参り、いまにも倒れそうな美雪を支えているのは、彼女の隣に座る私だったから。ひそやかに触れ合っている腰から伝わる私の体温だったから。

話し終えた彼が、美雪の向こうにある私の顔にふと気づいた。私は微笑んだ。何も考えない、反射的な微笑みで、彼がまたさっと伏し目がちになったあとも、頬に少し笑みを残したまま、彼を見つめていた。

朝、夜じゅう泣いて腫《は》れぼったくなった顔で、登校の支度をして一階へ降りたら、ひざ掛けをかけた母親が、ダイニングテーブルに座って、聖書を手に取っていた。私はそのまま玄関へ向かうつもりだったが、身体《からだ》の向きを変えて、テーブルに近づき、母の正面に座った。

「ひさしぶりに、読みたくなった？」

「いいえ。やっぱり頭が痛くなる」

母は聖書をテーブルの元の位置へ戻そうとした。

「待って。読んで」

「読む？」

「うん。どの部分でもいいから。声に出して」

「どの部分でもいいと言ったって」

母はかたわらに置いていた老眼鏡をかけると、聖書をめくり始めた。髪の束から一本だけ飛び出た短い白髪が、朝の光を受けて、釣り糸のように光っている。生えたての白髪は初々《ういうい》しくて、とても老いのしるしには見えない。

母は私が挟んでいた栞《しおり》の頁《ページ》を開いて、線を引いた部分を読み始めた。

「だから、わたしはあなたがたに言います。自分のいのちのことで、何を食べようか、何を飲もうかと心配したり、また、からだのことで、何を着ようかと心配したりしてはいけません。いのちは食べ物よりたいせつなもの、からだは着物よりたいせつなものではありませんか」

咳払《せきばら》いしたあと、母はゆっくりと息つぎをした。

「しかし、わたしはあなたがたに言います。栄華を窮《きわ》めたソロモンでさえ、このような花の一つほどにも着飾ってはいませんでした。きょうあっても、あすは炉に投げ込まれる野の草さえ、神はこれほどに装《よそお》ってくださるのだから、ましてあなたがたに、よくしてくださらないわけがありましょうか。信仰の薄い人たち。そういうわけだから、何を食べるか、何を飲むか、何を着るか、などと言って心配するのはやめなさい。

こういうものはみな、異邦人が切に求めているものなのです。しかし、あなたがたの天の父は、それがみなあなたがたに必要であることを知っておられます。だから、神の国とその義とをまず第一に求めなさい。そうすれば、それに加えて、これらのものはすべて与えられます。だから、あすのための心配は無用です。あすのことはあすが心配します。労苦はその日その日に、十分あります」

途中から私は声を出さずに泣いた。母は湿っていく気配に気づきながらも、淡々と読み続けた。

私は神様なんか信じない。存在しない存在にすがるなんて、みじめだとさえ思う。でも、信じられないのに、なにかを信じなければ、やっていけない。〝なにも心配することはない。あなたは生きているだけで美しい〟と丁寧に言い聞かせてくれる存在を渇望《かつぼう》し、信じきりたいと望んでいる。

自分もだれかのそんな存在になりたい。その人が苦しんでいれば、さりげなく、でも迷わずに手を差し伸べて、一緒に静かに涙を流せるようになりたい。呼びかけ、囁《ささや》きかけ、髪を指で軽く梳《す》いて眠りにつかせる。

ささやかなつながりを、いつもいつも求めている。そんな存在が無ければ、本当に困ったとき、一体なにがつっかえ棒になって、もう一度やり直そうと奮起させてくれるのだろう？

心の痣《あざ》は癒《い》えかけて黄ばみ、靄《もや》ゆるく立ちまどう。

いつかあなたの声を聞いても、私はなにも思い出さなくなるかもしれない。

許さない、せっかく摑んだのに、指の間から砂になってこぼれ落ちてゆくつもりなら、私は許さない。

無駄に生きてるんだ、もう無駄にしか生きられないんだ。

ガラス窓を一枚挟んだ向こうに、姿も透けずに立っている彼。窓を開ければ顔が見られるが、もしいなかったら、すでに立ち去っていたら？　私になす術《すべ》はない。打てる手がないほど苦しいことはない。

いろんな感情があふれては消えてゆく。相手のいない嫉妬、理由のない苛立《いらだ》ち、心もとない喪失感、一生手が届きそうにない、しあわせ。

次から次へとわき出してきて、すべてに翻弄《ほんろう》される。

感情を整理して滞りなく川に流す装置があれば、この激しい感情すべてを痛みなく押し流す機械があれば。

いつも泣きたい気持ちがそばにあるのに涙は出ない。

折り合いをつけなければ、現実と欲望の折り合いを。

果てない夢に想《おも》いを馳《は》せれば、時間だけがただ過ぎてゆく。

教室で、たとえが私に物言いたげな視線を送ってくる。私が見つめ返すと、ふっと目をそらすが、明らかになにか言いたいことがありそうだ。しかし怯《おび》えがちらつく彼の瞳は、私に話しかけて来ない。昼休み、ずっと見つめられて、ついに我慢できず、彼の元へ出向いた。一歩近づくごとに、心臓が破裂しそうだ。たとえは私が近づいてきたのを確認すると、緊張した面持ちでうつむいた。彼の顔は、つい最近ようやく、口の端の脱脂綿が取れたと思ったら、今日は右の頬骨が真っ青になっている。机に手を置くと、彼が私を見上げた。

「このところ連日、にぎやかな顔だね。もしかして、私のせい？」

「反論がある」

「へえ、なに？」

「以前、おれが美雪を好きなのは、美雪が弱くて、自分と同じ世界にいるからだと言ったたろ」

「うん、言った。ずいぶん前にね」

「あれは、違う。おれは、美雪が自分とは違う世界にいるから、好きになった」

「ふうん」

「でもときどき、自分がなんで彼女を好きになったかで、悩むときがある。病気は、美雪自身の苦しみだろ。でもずっと一緒にいて、彼女を守れば、おれ自身もその苦しみを共有しているかのような世界を錯覚できる。だから好きになったのかもしれない。そう思うと、自分が許せなくなる」

「私に恋愛の悩みを相談されてもね」

たとえは押し黙った。まるでそこに私の目があるかのように、机の上の私の指先に視線を注いでいる。

「春琴抄の逆をしようか」

「え?」

「私、たとえ君のためだったら、両目を針で突けるよ。その代わり失明しても、一生見捨てずに、そばにいてね。どう、これで美雪より私を好きになる?」

彼は頬杖《ほおづえ》をついたまま、動かなくなった。

「ねえ」

「もういい」

「ならないでしょ。だから、思い悩む必要なんてないよ」

彼は返事をせずに黙りこみ、私は自分の席に戻った。

卒業式に関する連絡事項を先生が話しているなか、ふと視線を感じて頭をめぐらせると、遠くの席から、たとえがまた私を見つめていた。物言いたげで、少しの反抗心が混じった目つき。彼の視線が、雨と蜜《みつ》の混ざり合った液体となって、私の皮膚を流れ落ちる。とても正気を保てない。

しょうがなく彼と目を合わせると、ひそめた眉《まゆ》の下のその瞳は、必死で私とつながろうとしながらも、やはり怯えている。私の心を鷲摑《わしづか》みにする、彼が普段隠している心の奥がむき出しになった、子どものように不安げな眼差《まなざ》し。彼の唇の味を思い出す。乾いた、熱い、生々しい体温。彼は私を静かに支配する。自分でも気づかないうちに私をがんじがらめにする。たまらなく魅《ひ》かれながら同時に苛立つ。

この期《ご》に及んでなぜ私を恐がる。私がここまでさらけ出しているのに、なぜ自分の不器用さにばかり目を向けて、私の不器用さに気づいてくれない。彼だけが迷っているのではない。私だって、きっと、同じくらい恐い。でも思わず身体を突き動かされる、なんとかして事態を好転させたい思いに負けて、ほとんど本能だけを頼りに、真《ま》っ暗闇《くらやみ》のなかを突き進んでいるだけだ。

彼に向かって寄り目で唇を突き出す変な顔をしてみた。しかし彼は笑わず、視線も離さず、相変わらず気難しげな顔つきをしている。今度は手を頬に当て、口を細長く大きく開けて伸びあがる、ムンクの叫びをやってみた。かなり変な顔になってるはずなのに、彼は笑わない。

私は立ち上がると、驚いた先生に名前を呼ばれたのも聞かず、たとえに向かって突き進んだ。じゃまな机はなぎ倒し、無理なら土足で上に登って乗り越え、驚いて声を上げるクラスメイトの、座っている膝の上を跨《また》いだ。教室全体が騒然とするなか、彼だけを目指して、たどりついた。

先生や生徒の怒声が響くなか、彼はつい先ほどまであんなに私を睨《にら》んでいたくせに、今では固くかみしめた顎《あご》を震わせて黒板に顔を向けたまま私を見ようとしない。私は彼の机のすぐ傍でひざまずくと、彼をじっと見上げた。

彼は一度目を閉じ、息を吸い込むと、こちらへ向き直り私の頭に手を置いた。

「おまえも一緒に来い。どうにかして、連れて行ってやる」

どこにもひっかからない涙がするっと降りてきて、左の頬を伝った。彼の手はずっしりと重く、動くのもけだるそうに発熱し、私を許しながら、同時に彼の苦悩もたっぷりと注ぎ込む。

「ありがとう。でも鶴《つる》をもう、折ってなくて」

「折れ」

怒鳴りながら先生が私の腕を摑んだ。私は勢いよくふり払うと、再び私を捕らえようとする手を、素早く避け、机の間を通って教室の外へ飛び出てそのまま、美雪のいる三年一組の教室へ続く廊下を全速力で走った。

廊下に面した窓を開けると、生徒たちがいっせいにこちらを見た。教室の一番後ろに座っている美雪と目が合った。教室に入ってまっすぐ彼女に近づく。

「美雪、あなたを愛してる。また一緒に寝ようね」

耳元でささやくと、美雪は私を見つめたまま顔をひきつらせ、両手で顔を覆《おお》い、激しく泣いた。私は彼女の肩をやさしくなでたあと、教室を出て、階段を降り、校舎も出て、門から抜け出すと、まだふるえている手を固く握りしめながら、早足で町を歩いた。駅にたどり着くと、制服のスカートのポケットに入っていた小銭で切符を買った。どこの駅のなんという町まで行くかは決めていない。

鈍行の座席カバーは蒸れた草の色。いくつか空席があったが、座る気がせずドアの脇《わき》に佇《たたず》んだ。平日の午後に電車に乗るのは子どもの頃以来。乗客たちは静かで、眠っているのか考えこんでいるのか、眉根を寄せて目をつむっている。

正しい道を選ぶのが、正しい。でも正しい道しか選べなければ、なぜ生きているのか分からない。

電車は町を抜けると、高層の団地が立ち並ぶ郊外へ突入した。窓から見える景色が途端にのっぺりと広くなり、田んぼやビニールハウスが増えてくる。電車は広い川の上の鉄橋に差しかかった。川はゆったりと流れ、陽を受けた水面はきらきらして、反射した光が橋げたに網目模様になって揺らめいている。背丈ほどもある雑草が生い茂った中洲《なかす》では、長靴を履いた釣り人が、竿《さお》をしならせている。対岸には団地群、工場、野球をしている大人たち、ほとんどの家庭のベランダに布団《ふとん》が干してあるマンション。たくさんの人間の眠たげな午後が、急にまぶたに重たくのしかかり、差し込む陽が眩《まぶ》しいのもあって私は目を閉じた。

ふいに満たされた。いつも心を急《せ》き立てていた焦りが、消え失せて、身体がらくになる。一瞬ののちにはまた渇いて、いまの充足は霧散するかもしれない。でも確かにいま、私は椅子《いす》からはらりとこぼれた薄い美しい薄紫色のショールを、床に落ちる寸前でつかんだ。さらさらした絹の、優しく涼しい肌触り。床に直に座り込み、私はシヨールを透かして新しい景色を見る。緻密《ちみつ》な織り目を通して見た世界は、朝の山脈に立ちこめる、粒子の細かい霧に包まれている。いつか飽きる、いつか終わる、しかし今つかんでいる。

私を満たすのは、車内に差す陽。私を満たすのは、眠たげな静寂。私を満たすのは、規則正しく脈打つ、自らの鼓動。

眠い。窓際《まどぎわ》に一つ空席がある。あの窓に頭をもたせかけて目を閉じ、うたたねできたらどんなに気持ち良いか。しかし、あと少しだけ、この場所に佇んでいよう。少しでも動けばこの気持ちは、こわれてしまうかもしれない。

ふと生き物の気配を感じて、視線を下ろすと、野球帽をかぶった男の子が、私のすぐ横に佇んで、窓から外の景色を眺めていた。うたたねしている母親の隣から、抜け出してきたらしい。汗が染みこんでいそうな古い野球帽をかぶり、小さな手を窓に押し当てて、口を半開きにして覗《のぞ》きこんでいる。

まばらなまつ毛をした彼は、茶色い動物的な瞳でいっしんに窓の外の景色を見つめ、目新しいものを見つける度に、近くの席に座る母親の方へふり返った。でも彼女が眠っているのを見て、話しかけるのをやめて、また景色に戻る。

私の頭に置かれた、たとえの手のぬくもりが、ふいに蘇《よみがえ》る。愛してる、とつぶやこうとしたが、どこか違和感があり口をつぐむ。私は、たとえを、美雪を、愛しているのだろうか。確かに初めは自分でも抑えきれない激情があった。しかしいま、彼らを求めてはいるが、なにか違う感情へ変化している。友情とも、愛情とも呼べないなにか。受け入れてもらった。その事実が心を満たす。愛とは違うやり方で、でも確実に隙間《すきま》を埋めてゆく。

私は二人と共に行くだろうか。いや、決して行かない。行かなくてもいい、ということを、二人が最大の方法で教えてくれたから。

制服のポケットに手を入れると指になにか当たり、出してみると、首が折れてしおれた鶴だった。電車の揺れに流されないように、足をふんばりながら、両手の指を使い丁寧に、鶴をほどいてゆく。最後は元通りの、四角い紙だけが手のなかに残った。幾筋もの折り目のついた、しわくちゃの千代紙。この中に込めた、いっしんに込めた想いは、一体どこへ——。

視線を感じて下を見ると、男の子が私の手元をじっと見つめていた。ドアの隙間から差し込む、やわらかい昼の陽光、車窓の向こうに並ぶ木々の枝先、あさぎ色に萌《も》える芽。

「ひらいて」

私のつぶやきがぶつかり、彼はけげんそうに私へ視線を移す。

ぼくに話しかけたの？

色あせた野球帽の庇《ひさし》の下から問う、茶色い瞳。まだ表情を知らない顔の、なんという美しさ。

「ひらいて」

むこうみずの狂気

光浦靖子

ごめんなさい。私は主人公「愛」のような人に共感ができない。クラスでも目立つほうのグループで、そこそこ自分が可愛《かわい》いということを自覚し、自分が賢いことを自覚し、隣にいる親友と呼ばれる人のことで心を悩ますようなことは全くなく、よく笑い、腕をからませて歩き、お揃《そろ》いのモノを持ち……。マックでのもはや作者のサービスと言っていいほどの心の声にはドン引きするしかない。

ただ悔しいかな、こんな人は嫌いだから勝ちたいんだけど、もしもこんな人が同じクラスだったら、私は敗北感しかないだろう。心の声、景色、すべての表現が美しすぎるんだもん。これは綿矢さんの能力なんだけど、小説を読む時はそんな裏のことなんか意識しないでしょ、そんなことするのは野暮でしょ、だから愛の能力として読むんだけど、本当に素敵なんだな。思春期の自分だけは特別だと思うナルシスト全開なオェッとするやつじゃなく、感性がビンビンなんだもん。性格診断の六角形や八角形になるチャート？　あんなのやったら愛は星のようなトギトギの形になるんだろうな。私は丸にちかいような形で、でもそれはすごく小さくて、人間の面白さはこんなテストで分かるわきゃない、と言いつつ、丸の大きさと面白さは比例してると思うんだろうな。私なんか愛に比べたら鈍感で、愛に感じられることが私には感じられなくて、だから表面だけは仲良くしてくれても、心の中で私のことバカにするんでしょ？と、親友以上に被害者意識バリバリで読み進め……。

愛のやることは無茶苦茶だ。たとえのこっそり読んでいた手紙の内容が知りたくて、夜の教室に忍び込む。手紙を読んで美雪と付き合ってることを知り、美雪とのつながりを知り、いらだち、暴力的な衝動で美雪を抱く。鳥肌をたてながら舐《な》め続けるって。それにあえいでしまう美雪が哀れで。いくらなんでも。どんだけ自分なんだよ！　どんだけ若さフル活用だよ！

私はふと思った。どうして美雪は美少女なんだろう？　最近は、ルックスが学校でのヒエラルキーを決める重要なアイテムなんでしょう？　愛の人格を形成するのにそのルックスは大きな意味を持ってたと思うの。自分が是が非でも手に入れたいと思った男の彼女がブサイクだったほうが、打ちのめされ方はハンパないのになあ……と。そのほうが完全に人間性を否定されたように感じられるのに。

愛が真っ裸で抱きついたあとの、たとえからの言葉も、傷つけるために抱いたと告白したあとの美雪からの言葉も、どちらも愛の顔について。心と乖離《かいり》してしまった顔。これだけ衝動をすぐに行動に現すのに、それは自分に正直であるはずなのに、本気で話しても思いを伝えられない。どっからどうして？　私は……お神輿《みこし》を担《かつ》いじゃいました。わっしょい、わっしょい、ざまみろ、ざまみろ！　なんつー感想。しょうがない。だって迷惑じゃん？　急にウンコぶつけてくるようなもんだよ？　日頃の浅い友情は小さなほころびですぐに壊れ、愛はクラスでも孤立しはじめる、成績がた落ちで将来のプランも崩れる。わっしょい、わっしょい！

そんな愛に美雪が手紙を送ってきた。

この内容は許す、ということだろうか。手紙を送る時点で許す、に近い行為だよね？　愛の完敗？　でも、ここで急に、私は美雪派から愛派に変わってしまった。振り返ると愛は、

「なにかを頑張るときに私のエネルギーの源になる〝自分を認めてもらいたい〟欲望が、彼女には欠けている。それを失《な》くせば私は無気力になり生きていけないから、必死で守っているのに、彼女はあらかじめそれを手離し、穏やかに朽ち果てるしかない

としても、無抵抗で流れに身を任せる。他人を思う十分の一ほども自分を大切にしない。しかし傷つくときはしっかりと傷つく。私から見ればただの馬鹿《ばか》だ。私はその馬鹿さにときどき泣かされそうになる。」

と美雪のことを言っている。愛のほうが普通だ。私だって認められたい欲望の塊だ。でもそれがなきゃ明日起きて仕事に行く理由がない。誰かのために生きられたらきっと楽だろうとも思うけど、今の私にはそれがないし、そうなりたくてもなれないし。他人に認められることは、大変すぎる。同時に、美雪を特別な存在と位置づけるたとえにも、急に冷めてしまった。そりゃ、自分の恋がうまくいかないからって美雪を傷つけていいわきゃないよ、利己主義の塊だよ、でも、がっこんがっこんぶつかって、血をダラダラ流してる人をさ……。

「おれは、おまえみたいな奴《やつ》が大嫌いなんだよ。なんでも自分の思う通りにやってきて、自分の欲望のためなら、他人の気持ちなんか、一切無視する奴。」

さっきまでスッキリするセリフだったのに、なんか腹がたってきた。愛は自分のことを特別だとは思っていない。

物語の終盤、愛は美雪の耳元でささやく。

「美雪、あなたを愛してる。また一緒に寝ようね」

と。愛は美雪を本当に好き（？）になってたんじゃないかなあ？　人として好き、じゃなくて、美しい容姿の美雪と身体《からだ》を交えたことで、体温から始まる情が芽生えたんじゃないかなあ？　私の勝手な想像だけど、母性って体温を感じれば感じるほど湧《わ》いてくるものじゃないのかなあ？　愛にも母性があって、それ以上に美雪には母性があって、開花していない母性を兼ね備えている女子という生き物だから、体温から甘える、甘えさせる、なんともあいまいな情が湧《わ》いたんじゃないかって。だから美雪は美少女じゃなきゃダメだったのかなあ……。だって、思春期の女子の美醜の線引きは厳しいからね。（醜の箱に入れられたモノの扱いのひどさよ。）

電車に飛び乗った愛は、想《おも》いをこめて折り続けていた、「折る」という字は「祈る」に似ているとまで言ってた折り鶴をひらく。「ひらいて」。

いったいなにを？　心？　目？　たとえと美雪の未来？　たとえへの想いに区切りをつけること？　私はなんだか、あんまり意味を持って欲しくないなぁと思いました。「決して行かない。行かなくてもいい、ということを、二人が最大の方法で教えてくれたから。」

そう、行かないで。しいて言うなら、愛の未来がひらいてほしい。愛には子羊になってほしくない。闘牛のままでいてほしい。

ちなみに、私の一番好きなシーンは、愛がたとえの父親をぶん殴るとこ。「むこうみずの狂気」。確かに若いときはあった。私にもあった。公務員の長女に生まれた私にもあった。またいつか……。

（平成二十七年一月、タレント）

この作品は平成二十四年七月新潮社より刊行された。

新潮文庫最新刊

小池真理子著
神よ憐れみたまえ
戦後事件史に残る「魔の土曜日」と同日、少女の両親は惨殺された――。一人の女性の数奇な生涯を描ききった、著者畢生の大河小説。

長江俊和著
掲載禁止　撮影現場
善い人は読まないでください。書下ろし「カガヤワタルの恋人」をはじめ、怖いけど止められない全8編。待望の〈禁止シリーズ〉！

小山田浩子著
小　　島
絶対に無理はしないでください――。豪雨の被災地にボランティアで赴いた私が目にしたものは。世界各国で翻訳される作家の全14篇。

紺野天龍著
幽世《かくりよ》の薬剤師5
「不老不死」一家の「死」。薬師・空洞淵は「人魚」伝承を調べるが……。現役薬剤師が描く異世界×医療×ファンタジー、第5弾！

賀十つばさ著
雑草姫のレストラン
タンポポのピッツァ、山ウドの天ぷら、よもぎのアイス……八ヶ岳の麓に暮らす姉妹の草花ごはんを召し上がれ。癒しのグルメ小説。

泉鏡花著
東雅夫編
外科室・天守物語
伯爵夫人の手術時に起きた事件を描く「外科室」。姫路城の妖姫と若き武士――「天守物語」。名アンソロジストが選んだ傑作八篇。

ひらいて

新潮文庫　わ－13－1

平成二十七年二月一日発行
令和五年十二月十日七刷

著者　綿《わた》矢《や》りさ

発行者　佐藤隆信

発行所　株式会社新潮社

郵便番号　一六二―八七一一
東京都新宿区矢来町七一
電話 編集部(〇三)三二六六―五四四〇
読者係(〇三)三二六六―五一一一
https://www.shinchosha.co.jp

価格はカバーに表示してあります。

乱丁・落丁本は、ご面倒ですが小社読者係宛ご送付ください。送料小社負担にてお取替えいたします。

印刷・大日本印刷株式会社　製本・加藤製本株式会社

ISBN978-4-10-126651-0 C0193